좀비몰이꾼 이기 2

허진희
장편소설

좀비몰이꾼 이기 2

하계의 기지로 가는 길

북트리거

하계의 기지로
가는 길
이끼 낀 돌길
하계의 기지
안개 자욱한 늪

N
W
E
S
바람 부는 황무지
빽빽한 숲
오아나의 해변

차례

오아나의 해변

바다는 모든 생명체에게 무자비할 정도로 공평하게 힘을 휘두른다. 이기 일행에게도 예외는 없었다. 겁 없이 망망대해에 뛰어든 무지렁이들을 절대로 고이 놓아줄 리 없다는 듯, 거센 파도가 쉼 없이 몰아치며 공격해 왔다. 집채만 한 검은 혓바닥과 으적거리는 허연 이빨이 몇 번이고 배를 덮쳤다. 바다의 힘은 성스러울 정도로 압도적이었다. 여기서 끝이구나. 더는 바다가 허락하지 않을 것 같아. 순순히 운명을 받아들이라는 듯 몰아치는 바다의 힘 앞에서 이기는 절로 겸손해질 수밖에 없었다. 바다를 대적할 상대로 보는 건 얼마나 어리석은 일인가. 타륜을 움켜쥔 이기의 손힘이 점점 풀렸다. 때마침 뱃머리 바로 지척에 은청색 벼락이 연달아 떨어졌다. 이기의 눈앞이 번쩍, 하얘졌다.

그래… 그렇게 정신을 잃었지. 그런데 지금 나는….

"살아 있나 본데?"

어렴풋이 남자의 목소리가 들렸다. 꿈인가? 죽은 건가? 정신이 몽롱했다. 곧이어 쿡쿡, 나무 막대기가 허벅지를 찌르는 느낌이 들었다. 이기는 얼굴에 닿은 모래의 감촉을 느끼며 간신히 눈을 떴다. 파도가 넘실거리며 무릎 아래를 축축이 적시고 있었다. 내가… 살아 있다고? 정신을 가다듬기도 전에, 타는 듯한 갈증과 살갗의 쓰라림이 엄습했다. 통증은 분명 살아 있다는 신호였다. 이기는 몸을 일으키려다 실패하고 강렬한 태양열 아래 대자로 다시 눕고 말았다. 이기의 움직임에 밀려난 보드가 데구루루 굴러갔지만 따라가 잡을 엄두가 나지 않았다. 마치 누군가 이기의 사지를 비틀어 짜 힘이란 힘은 모조리 빼낸 듯 팔다리를 움직일 수 없었다.

"안녕."

태양 빛을 빨아들인 것 같은 머리카락의 광채에 정신이 어찔했다. 부신 눈을 몇 번 깜빡이니 눈앞이 더 선명하게 보였다. 빛나는 금발의 여자가 몸을 숙이고 이기를 내려다보며 웃고 있었다. 이기는 간신히 입을 열었다.

"아… 안녕하세요."

목이 쩍쩍 갈라지고 손가락 하나 움직이기도 어려웠지만, 대꾸하지 않고는 배길 재간이 없는 미소였다.

"여긴 다들 꿈쩍도 안 하는데?"

저편에서 남자가 투덜거렸다. 이기는 소스라치게 놀라 고개를 돌렸다. 우두둑, 목에서 거친 소리가 나더니 찌릿한 통증이 느껴졌다. 이기가 인상을 찌푸리자 여자가 뼈마디가 굵은 손으로 이기의 이마를 어루만졌다.

"친구들이니?"

부드러운 목소리. 이기는 네다섯 발자국 정도 떨어진 거리에 엎드린 채 누워 있는 도나와 눈의 모습을 눈에 담으며 고개를 끄덕였다. 여자는 남자와 시선을 교환하고는 다시 말했다.

"걱정하지 마. 둘 다 숨은 붙어 있는 모양이니까."

"아…."

죽지 않았어. 셋 다 죽지 않았어! 우리 모두 살아남았다고! 이기의 입술 사이로 안도의 한숨과 함께 헛웃음이 흘러나왔다. 그 모습을 본 여자가 흥미로운 표정을 지으며 말을 이었다.

"그래. 사람들은 도저히 믿기 힘든 기적을 접할 때 그렇게 웃곤 하지."

이기는 눈을 가늘게 뜨고 여자를 올려다보았다.

"네가 생각해도 이렇게 살아남은 게 좀 어이없지 않니? 어젯

밤 폭풍우는 정말 무시무시했어. 너희가 살아남은 건 기적이라고 밖에 설명할 수 없지. 너희가 탄 배는 어떤 배였는지 알 수 없을 만큼, 형체도 없이 부서져 버렸는데 말이야."

여자가 흩뿌리는 광채가 눈에 익을 즈음에야 그녀의 이목구비가 눈에 들어왔다. 얼굴을 조명처럼 밝혀 주는 금발 없이도 충분히 매력적인 생김새였다. 긴 속눈썹이 드리운 투명한 갈색 눈동자, 끝이 살짝 들린 오뚝한 코, 건강하고 밝은 웃음만 지을 법한 커다란 입술. 거기에 갈매기 모양의 눈썹과 구릿빛 피부가 더해져, 여자는 활력 가득한 아침의 에너지를 온몸으로 뿜어내고 있었다.

"얘네, 다 어떻게 하지?"

남자가 다가오며 물었다. 허리를 펴고 선 여자가 남자의 어깨에 머리를 기대며 말했다.

"알잖아. 나는… 기적을 경험한 사람들을 좋아해."

남자가 말없이 고개를 끄덕이자 그의 이마를 덮고 있던 덥수룩한 머리칼이 푸시시 흔들렸다.

"들것이 필요하겠어. 아나인 몇을 불러다 옮기도록 해."

아나인? 적맥인도 아니고, 진멸인도 아니고 아나인이라니….
처음 듣는 명칭에 호기심이 일었다. 이기는 타는 목을 가다듬고 조심스럽게 질문을 던졌다.

"그런데… 여긴 어디예요?"

여자가 싱긋 웃으며 말했다.

"오아나의 해변에 온 걸 환영해, 귀염둥이들."

이 사람이 오아나구나. 여자가 자신의 이름을 알려 준 것도 아닌데 직감으로 알 수 있었다. 눈앞의 여자는 자신의 이름을 딴 해변을 가지기에 충분한 무언가를 지니고 있었다. 그게 무엇인지는 정확히 알 수 없지만.

이기는 침을 꿀꺽 삼켰다. 목적지에 도착했는데 아무래도 제대로 도착한 것 같지 않았다.

◆◆◆

정오의 태양이 하얀 모래사장을 바싹 달구고 있었다. 이기는 목에 부목을 대고 우두커니 앉아 하얀 천막이 늘어선 길고 긴 해변을 한참 바라보았다. 나무 막대기로 이기 일행을 찔러 대던 남자는 자신을 말코라고 소개했다. 말코는 오아나가 낯선 이방인들을 맞이하기로 결정하자 군소리 없이 그들을 접대하기 시작했다. 젊은 아나인들을 불러 도나와 눈을 옮겼고, 아늑한 그늘막도 제공해 주었다. 그뿐 아니라 이기에게 다친 목을 고정할 부목을 만들어 건네고, 퍼렇게 질린 눈을 담요로 꽁꽁 싸매어 놓은 다음,

미열이 나는 도나의 이마에 찬 수건을 올려 주기도 했다. 말코는 결코 살가운 편은 아니었지만, 그렇다고 해서 딱히 불친절하다고 보기도 어려웠다. 마지못해 움직인다고 보기엔 꽤 정제된 자상함이 그의 몸짓 하나하나에 배어 있었다. 이기는 말코가 준 깨끗한 물을 마시며 도나와 눈이 깨어나길 기다렸다. 먼저 눈을 뜬 사람은 도나였다.

"이기…?"

평소 창백하기 그지없는 도나의 피부에 옅은 홍조가 드리워 있었다. 아직 열이 가라앉지 않은 듯했다.

"좀 어때? 괜찮아?"

"온몸이 아파…. 사람이 죽어도 이렇게 아픈가?"

도나의 숨에서 열기가 느껴졌다.

"우리 안 죽었어, 도나. 살아서 아픈 거야, 살아 있어서."

이기는 반가운 소식을 전하듯 말하고 싶었다. 하지만 밝은 목소리를 낼 만큼 홀가분한 심정은 아니었다. 그때 이기의 얼굴을 물끄러미 쳐다보던 도나가 뭔가 생각난 듯이 흠칫 주변을 둘러보다가 눈을 발견하고는 말했다.

"눈은? 눈도 괜찮은 거지?"

발끝부터 턱끝까지 담요로 칭칭 감아 놓았는데, 눈의 팔이 어느새 담요 밖으로 빠져나와 있었다. 쌔근쌔근 숨소리에도 힘이

붙은 걸 보니 이제 추위가 제법 가신 듯했다.

"체온이 좀 떨어졌다는데 괜찮을 거야. 아까보다 많이 좋아졌어."

"너는? 너는 왜 이래? 많이 다쳤어?"

끙 소리를 내며 간신히 팔을 들어 올린 도나가 이기의 목에 댄 부목에 손을 뻗었다. 이기는 어깨를 으쓱해 보이며 물통에 남은 물로 수건을 적셨다.

"아니야. 그냥 좀 벤 거 같아. 난 괜찮으니까 얼른 다시 누워서 쉬어."

별로 힘주어 눕히지 않았는데도 도나의 몸이 발라당 뒤로 넘어갔다. 기운을 차리려면 시간이 좀 걸릴 듯했다. 이기는 물기를 꼭 짜낸 수건을 도나의 이마에 얹으며 말했다.

"여기, 오아나의 해변이래. 우 씨 아저씨가 말한 대로 잘 도착했어."

도나는 이기의 말에 안도한 듯 눈을 감고서 열에 달뜬 목소리로 중얼거렸다.

"맙소사… 난 우리가 정말 끝났다고 생각했어. 그대로 바다가 우릴 삼켜 버릴 줄 알았는데…. 이렇게 끝날 거라면 차라리 섬에 남아 있을 걸 하고 후회도 했어…. 그랬다면 아줌마도…."

"엄마? 엄마가 왜?"

문득 섬을 떠날 때 항구를 울리던 총소리가 떠올랐다. 조타실 밖으로 뛰쳐나가려던 이기를 막아선 도나의 외침도. 천만다행이야, 이기! 테가 쏜 총이 빗나갔어! 아무도 다친 사람 없으니 안심하고 배를 몰아, 어서!

"아…."

눈을 가늘게 뜬 도나의 어깨가 움칠거렸다. 도나는 물수건에 손등을 올리며 고개를 모로 돌렸다.

"그랬다면 아줌마도… 슬프지 않으셨을 테니까. 우리를 떠나보내지 않아도 되어서."

"쓸데없는 소리. 이제 와서 그런 생각 해 봤자 아무 소용이 없어. 얼른 회복할 생각만 해."

이기의 말이 귀에 들어오지 않는 듯, 도나가 돌아누우며 중얼거렸다.

"나는 아줌마한테 약속을 했어, 이기."

"무슨 약속?"

"너랑 꼭 같이 살아남겠다고."

아마 그건 약속이 아니라 다짐이었겠지. 엄마는 도나의 다짐만으로도 충분했을 것이다. 하지만 도나는 그렇게 생각하지 않는 듯했다.

"나는… 정말로…. 그 약속을 지키지 못하게 될까 봐 너무너무 무서웠어….”

도나가 몸을 웅크리곤 흐느끼며 똑같은 말을 계속 웅얼거렸다.

“이기… 난 그 약속을 꼭 지키고 싶었어…. 지켜 내야만 했어….”

“약속 잘만 지켜 놓고 왜 울어. 이제 무서운 것도 다 끝났는데.”

이기는 도나의 등을 토닥여 주었다. 하지만 도나는 고개를 돌리지 않았다. 아무 말도 하지 않았다. 이기가 달래 주면 금세 반색하던 도나였는데, 영 도나답지 않은 반응이었다. 어쩌면 도나도 직감한 게 아닐까. 진짜 시작은 지금부터라는 것을.

떨리는 도나의 등을 바라보는 이기의 마음에도 먹물 같은 두려움이 천천히 스며들었다. 엄마의 곁을, 우 씨 아저씨의 곁을 떠나 낯선 곳에서 살아가야 하는 날들이 끝없는 어둠처럼 느껴졌다. 무서워, 도나. 나도 무서워. 살아남았다는 기쁨을 온전히 누리기엔 산 자에게 주어진 미지의 공포가 너무도 버거웠다.

◆◆◆

“마침 저기 오네. 기적적으로 생존한 귀염둥이들.”

나무줄기를 둥글게 엮은 낮은 의자에 나른한 듯 몸을 기대고 있던 오아나가 이기와 도나를 가리키며 가볍게 자세를 고쳐 앉았다. 보랏빛 노을이 지는 오후. 평화롭다 못해 몽환적이기까지 한 해변의 주인공은 단연 그녀였다. 오아나는 시선을 사로잡는 외모뿐 아니라 마음을 홀리는 독특한 분위기까지 지니고 있었다. 이를 증명이라도 하듯 도나와 눈을 옮겨 준 아나인들을 비롯해 십수 명의 사람이 오아나의 주위를 빙 둘러싸고 앉아 있었다. 그들의 얼굴엔 하나같이 안온한 미소가 어려 있었다.

"귀염둥이들에게 자리를 내줘."

오아나가 웃으며 말하자 금세 이기와 도나를 위한 자리가 마련되었다. 자리라고 해 봤자 흰 천이 깔린 모랫바닥이었지만. 이기는 손으로 부목을 받치고 조심스럽게 자리에 앉았다. 뒤이어 도나가 엉거주춤 따라 앉자 오아나가 몸을 앞으로 기울이며 물었다.

"꼬맹이는 아직 안 깨어났니?"

"꼬맹이라고 부르면 싫어해요. 눈이에요, 눈. 눈이라고 불러 주세요."

도나가 대답을 가로챘다. 열이 내리자마자 본래의 도나로 돌아왔네, 돌아왔어. 벌써 기운도 다 차린 거 같은데? 이기는 서둘러 도나의 대답에 덧붙여 말했다.

"눈은 아까 깨서 따뜻한 물 몇 모금 마시더니 다시 잠들었어요."

"그래? 다행이네. 내가 결례를 범했다면 미안. 우리는 이름을 별로 중요시하지 않아서…."

오아나가 말끝을 흐리며 상큼한 웃음을 터뜨렸다. 오아나가 웃자 아나인들도 따라서 웃었다. 오아나는 한 손에 든 나무 잔을 연신 흔들어 댔다. 다른 아나인들의 손에도 죄 같은 나무 잔이 들려 있었다. 이기는 옆자리에 앉은 아나인의 잔을 힐끗 훔쳐보았다. 잔 속에는 진홍색 음료수가 찰랑거리고 있었다. 처음 보는 음료수였다.

"정식으로 인사할게. 오아나, 내 이름은 오아나야."

"저는 이기예요."

자기 이름을 밝힌 이기가 도나를 향해 고갯짓하며 순서를 넘겼다.

"저는 도나…."

제발 통성명만 해, 도나. 하지만 도나는 보란 듯이 이기의 바람을 꺾었다.

"근데요. 이름이 중요하지 않다는 건 무슨 말이에요?"

도나가 궁금해서 못 참겠다는 듯이 코를 벌름거리며 물었다.

"아, 물론 우리도 각자 이름이 있어. 하지만 평소엔 다들 서로

'아나'라고 부르지."

"서로 다 똑같이 부른다고요? 그럼 누군가를 부르면 열 명이 동시에 뒤돌아볼 때도 있겠네요? 다들 자기를 부르는 줄 알 거 아니에요?"

고개를 갸우뚱하는 도나의 모습이 귀엽다는 듯 오아나와 아나인들이 또 한차례 웃음소리를 내었다.

"그래, 그럴 때도 있지. 근데 그러면 좀 어때. 그건 그거대로 좋아. 안 그래?"

오아나가 아나인들을 휘둘러보자 자기들끼리 낮게 킥킥대던 아나인들이 재깍 오아나를 향해 고개를 끄덕여 보였다. 이기와 도나는 영 이해가 안 가는 말이었지만 그들끼리는 깊이 공감하는 바가 있는 듯했다. 오아나는 때마침 장작을 들고 돌아온 말코를 향해 손을 흔들며 이어 말했다.

"예외도 있어. 나는 저 남자를 말코라고 부르지. 습관이 되어서 말이야. 우린 아주 오래전부터 함께했거든."

말코가 장작을 내려놓자 몇몇 아나인이 일어나더니 종종걸음으로 그를 향해 다가갔다. 불을 피우길 기다렸는지, 조금 신이 난 듯 보였다. 조용히 그 모습을 지켜보던 이기의 머릿속에 퍼뜩 오아나의 해변에서 오래 머물지 말라고 했던 우 씨 아저씨의 말이 떠올랐다. 이럴 때가 아니야. 시간을 지체하지 않으려면 우선 눈

엄마의 행방을 확인해야 했다.

"오아나… 당신은 눈을 알지 못하나요?"

이기의 질문이 뜬금없이 느껴졌는지, 오아나가 눈을 동그랗게 뜨고 되물었다.

"내가 눈을 알아야 하나?"

"눈을 만난 적 없어요?"

도나가 재차 묻자, 오아나는 콧등을 찡그리며 고개를 가로저었다. 이기는 침착하게 사정을 설명했다.

"우리는 눈의 엄마를 찾고 있어요. 눈이 그랬거든요. 오아나의 해변에 자기 엄마가 있다고."

"내가 아는 한 오아나의 해변에서 아이를 낳은 사람은 없어. 여긴 아이를 낳고 싶어 하는 사람도 없고, 아이를 키우고 싶어 하는 사람도 없거든. 무엇보다…."

오아나가 짓궂게 입술을 씰룩거리며 말을 이었다.

"…아이를 가지기 위한 행위를 하고 싶어 하는 사람도 없지."

장난기 어린 표정으로 빤히 쳐다보는 오아나의 태도에 이기의 얼굴이 훅 붉어졌다. 그때 도나가 냉큼 끼어들었다.

"왜요?"

이기와 달리 도나는 조금도 수줍어하지 않았다. 그런 도나가 맹랑해 보였는지 오아나가 갈매기 모양의 눈썹을 치켜올리며 대꾸했다.

"궁금하면 아나인이 되어 보든지."

도나를 향해 의미심장한 눈빛을 던지고 나서, 오아나는 천천히 나무 잔을 입술에 가져다 댔다. 음료수를 마신 오아나의 입술이 반들반들 빛났다.

"에이…."

"왜, 관심 없어?"

도나가 말도 안 된다는 식으로 반응하자 오아나가 웃으며 물었다. 왠지 모르게 도발적으로 느껴지는 웃음이었다. 분위기가 이상한 쪽으로 흘러가네. 아나인들의 감정을 어떤 식으로든 자극하고 싶지 않던 이기는 상황을 수습하듯 재빨리 말을 돌렸다.

"우리는 테의 섬에서 왔어요."

상대가 나를 믿고 이야기하게 만들기 위해선 내가 먼저 솔직해지는 수밖에 없어. 이기는 자기 말이 거짓이 아님을 전하기 위해 자세를 곧추세우고 앉아 오아나의 눈을 마주 보았다.

"흐응…."

오아나의 콧소리 뒤로 아나인들의 수군거림이 이어졌다. 곧 오아나가 미심쩍은 표정을 지으며 말했다.

"그 섬은 아무도 떠나지 못할 텐데. 우 씨 빼고는 말이야."

"그럼 누군가는 떠날 수 있다는 걸 우리가 밝힌 셈이네요."

"흐응…. 그래…."

오아나가 다시 콧소리를 냈다. 그리고 생각에 잠긴 듯 검지로 관자놀이를 누르며 뜸을 들였다. 이기는 좀처럼 깜빡이지 않는 오아나의 눈에서 시선을 뗄 수가 없었다. 정말 아름다운 눈동자야. 금광과 자줏빛이 한데 뒤엉켜 물든 듯한 눈동자. 오아나의 투명한 눈동자는 자연의 색을 흡수해서 원래보다 더 매혹적으로 꾸며 내는 마술을 부렸다. 어둠이 내려앉기 직전, 해변에서 사라져 가는 색들이 오아나의 눈동자 속에서 다시 태어났다.

이윽고 긴 속눈썹을 파르르 떨며 오아나가 입을 열었다.

"다 기적이 함께한 덕분이지."

기적. 오아나는 기적을 정말 좋아하는 듯했다. 기적을 말하는 오아나의 얼굴은 그 누구보다 진지해 보였다. 진지하다 못해 어쩌면 미쳐 버린 사람의 얼굴 같았다.

"맞아요, 기적. 기적이 우리를 살렸어요."

해변을 떠나기 전까지 오아나의 호의가 계속되기를 바란 이기는 순순히 맞장구를 쳤다. 그러자 오아나가 '여봐, 얘들 말하는 것 좀 봐.' 하고 감탄하듯 양손을 들어 올리며 아나인들을 쳐다보았다.

"기적으로 살아난 사람들은 반드시 기적을 베푸는 법이야. 안 그래?"

아나인들이 고개를 끄덕이더니 하나둘씩 소곤거렸다. 맞아요. 오아나님처럼요. 오아나님처럼. 오아나님. 우리의 오아나님…. 아나인들의 웅성거리는 소리가 귓바퀴를 윙윙 타고 돌았다.

“주문에 걸린 거야, 주문을 외는 거야?”

도나가 작은 목소리로 볼통거렸다. 이기는 자기도 모르겠다는 의미로 고개를 저어 보였다.

“말코!”

잔에 남은 음료수를 한 번에 모두 마셔 비운 오아나가 석양에 물든 머리카락을 양손으로 부풀려 헤치며 달콤한 목소리로 외쳤다.

“나 불이 필요해, 말코!”

오아나의 한마디에 말코가 곧장 움직였다. 길쭉한 토치에서 쏟아져 나온 불꽃이 퍽퍽 장작을 향해 날아갔다. 이윽고 말코의 고글에 이글이글 불기둥이 비추자 아나인들이 나릿하게 환호를 던지며 타오르는 장작을 향해 잰걸음했다. 저편 천막에서 쉬고 있던 아나인들도 이때를 기다렸다는 듯이 몰려들었다.

“귀염둥이들, 이제 기적을 베푸는 법을 보고 배울 차례야.”

오아나가 이기와 도나의 손을 잡고 이끌었다.

처음 만났을 때처럼 뜨거운 손이었다.

위험한 열매

파티는 동이 트도록 계속되었다. 아나인들은 밤새 모닥불 주위를 떠나지 않은 채 나릿하고 묘한 춤동작을 이어 갔다. 흥얼흥얼 노래도 불렀다. 몇몇은 이기와 도나의 팔을 잡고 모닥불을 둘러싼 무리에게로 이끌기도 했다. 하지만 이기는 좀처럼 그들의 파티에 섞이지 못했다. 눈치를 살피다 모닥불에서 조금 떨어진 곳에 외따로 자리 잡은 후에야 까닭 모를 어색함에서 겨우 벗어날 수 있었다.

"이기! 여긴 진짜 딴 세상이다. 아나인들은 하나같이 부드럽고 친절해. 봐 봐. 다들 근심 걱정 하나 없어 보이지 않아?"

한참을 아나인들 사이에서 웃고 떠들던 도나가 이기의 옆에 털썩 주저앉으며 말했다. 피곤이 몰려왔는지 이미 눈이 반쯤 감겨 있었다.

"너, 그 음료수 얼마나 마셨어?"

이기가 도나의 손에 들린 나무 잔을 힐끗 쳐다보며 물었다.

"얼마 안 마셨어. 반 잔 정도?"

"그거 마시지 말라니까. 뭔지 잘 알지도 못하잖아."

"에이, 다들 마시는데 뭐. 이거 달콤새큼하니 맛있어. 마셔 볼래?"

못마땅한 표정으로 고개를 젓는 이기를 물끄러미 바라보던 도나가 느릿느릿 말을 이었다.

"이기… 우린 긴장을 좀 풀어야 해. 특히 넌 언제나 경계 상태잖아."

"우린 여기서 완전한 이방인이야. 어떻게 긴장을 안 해?"

"그러니까. 우리 같은 생면부지의 이방인을 이렇게 환대해 주기가 쉬워? 아나인들의 친절에 감사해야지. 너무 방어적인 태도만 보여도 저들의 기분을 상하게 할 수 있다고. 무례해 보이잖아."

말을 마친 도나가 벌렁 누우며 눈을 감았다. 어디선가 미풍이 불어와 도나의 곱슬머리를 흔들었다. 이기는 도나를 내려다보며 생각했다. 도나 말도 영 틀린 건 아냐. 속으로 경계하더라도 겉으론 적당히 어울리는 척하는 편이 좋을 텐데. 그치만 이상해. 왜 이렇게 꺼림칙한 걸까?

"아무래도 난 여기가 마음에 안 들어. 내일 눈의 엄마에 관해 한 번 더 수소문해 보고 바로 떠나자. 우 씨 아저씨도 오아나의 해변에 오래 머물지 말라고 했잖아. 눈의 정체를 얼마나 숨길 수 있을지도…."

그때 이기의 중얼거림을 멈추게 한 건 도나의 코 고는 소리였다. 어떻게 이렇게 금세 곯아떨어질 수 있담. 이기는 쿨쿨 소리를 내며 자는 도나를 흔들어 깨웠다.

"여기서 자면 어떡해. 이제 그만 천막으로 돌아가자."

도나는 꿈쩍도 하지 않았다. 산산한 바람이 부는 해변, 부드럽고 푹신한 모래밭에서 곤히 잠든 도나의 모습이 어쩐지 무척 편안해 보였다. 모처럼 기분 좋은 꿈이라도 꾸는 걸까. 도나를 깨우길 포기한 이기는 저편 모닥불로 시선을 옮겼다. 점점이 떠오른 불꽃들이 반딧불처럼 부유하며 아나인들의 실루엣을 환히 밝혔다. 몽환적이고 낭만적인 정경이었다. 그리고 그 중심엔 여유로운 표정으로 아나인들의 잔에 음료수를 채워 주는 오아나가 있었다. 오아나는 구석진 곳에 자리한 이기를 발견하고는 손을 흔들어 보였다. 그에 화답해 손을 흔드는 이기의 마음에 문득 궁금증이 일었다. 오아나가 말한 기적이란 뭘까. 어떻게 기적을 베푼다는 걸까.

하지만 그걸 알기 위해 오아나의 해변에 더 머무르고 싶지는 않았다.

◆◆◆

"이기, 뭔가 좀 이상해. 왜 아무도 눈의 엄마를 모른다고 하지? 분명히 눈은 엄마가 여기 있다고 했는데…."

다음 날, 느지막이 잠에서 깬 아나인들을 붙잡곤 눈의 엄마에 관해 묻고 돌아온 도나가 천막에 들어서며 눈썹을 찡그렸다. 이기는 막 눈의 이마에 손등을 댄 채 체온을 가늠하던 참이었다. 동그마니 일어나 앉은 눈의 몸은 여전히 가냘파 보였다. 하지만 오후의 햇살을 듬뿍 받은 눈의 보드라운 얼굴과 손엔 기분 좋은 온기가 돌고 있었다. 거의 다 나은 것 같네. 안도하는 이기를 본 도나가 냉큼 표정을 바꾸며 눈을 향해 반색했다.

"눈, 많이 아팠지? 앓느라 고생했어. 나도 너처럼 아픔을 못 느끼게 하는 능력이 있으면 좋을 텐데, 그럼 나도 너를…."

"쉿…! 누가 들으면 어쩌려고 그래."

화들짝 놀란 이기가 도나를 나무랐다. 눈이 진멸인이라는 게 발각되어도 골치 아플 테지만, 눈에게 신기한 능력이 있다는 사실을 들킨다면 그만큼이나, 아니 그보다 더 골치가 썩을지도 모르는 일이었다. 도나는 이기에게 혀를 쏙 내밀어 보이곤 다정함이 가득 실린 두 손으로 눈의 양 볼을 쓰다듬었다. 그 느낌이 좋은지, 눈이 방싯 웃어 보였다.

이기는 한숨을 쉬며 도나에게 물었다.

"뭐 알아낸 건 없어?"

도나가 고개를 저으며 다시 눈썹을 찡그렸다.

"모르는 척하는 건지, 진짜로 모르는 건지. 아나인들 속은 알다가도 모르겠다니까."

"어젯밤엔 다들 얼마나 친절한지 모른다고 감탄하더니."

"그건…. 어젠 정말로 그래 보였다고. 아나인들 얼굴이 다 천사처럼 보였단 말이야. 열병을 앓고 나서 그런 건지, 긴장이 풀려서 그런 건지 아무튼 몸도 마음도 편안해지고 다 좋아 보이더라니까. 그 덕분에 잠도 엄청 푹 잤는걸. 근데 오늘 다시 아나인들을 보니까 왜 이렇게 의뭉스러워 보이고 답답한지…. 조금 있으면 해가 중천인데 아직도 눈 비비며 부스스, 뭘 물어도 배시시 웃으며 고개만 도리도리하고…."

"아나인들도 피곤하겠지. 어제 그렇게 놀았는데."

이기가 피식 웃으며 말했다. 오아나의 해변은 테의 섬과 달라도 너무 달랐다. 아나인들에게서 느껴지는 여유로움과 유유자적

함이 이기에겐 마냥 생소하게 느껴졌다.

"적어도 테의 섬에 게으른 사람은 없었는데."

도나가 입술을 샐그러뜨리며 투덜댔다.

"그야 게으르면 살아남지 못했으니까…."

"아무리 그래도, 아나인들은 먹고사는 일도 걱정이 안 되나 봐. 하긴 식탐 있는 사람도 없어 보이더라고. 생선 말린 거 오물오물, 그 벌건 음료수 꼴깍대는 게 다야. 그런데도 어찌나 배부른 것 같은 표정들을 짓고 있는지…."

이기는 가만히 고개를 끄덕였다. 확실히 이상한 게 한둘이 아니야. 하지만 여기 더 머무르면서 아나인들의 이상한 생활 방식과 습성을 파악하는 게 무슨 의미가 있을까. 그보단 우리 안전이 더 중요해. 이기는 자못 진지한 표정으로 도나를 향해 말했다.

"내일까지 별 소득이 없으면 떠날 채비를 하는 게 좋겠어. 하루이틀 몸 좀 더 추스르면서 서쪽 고허에 관해 좀 알아보고, 떠날 때 물이나 음식을 얻을 수 있을지 부탁해 보자."

"서쪽 고허? 우리 서쪽으로 가는 거야?"

도나가 눈을 동그랗게 뜨고 이기를 쳐다보았다.

"여기서 눈의 엄마를 찾지 못한다면 그 수밖에 없을 거 같아. 그곳에 진멸인들이 모여 산다고 했으니까…."

"쉿! 누가 들으면 어쩌려고 그래!"

도나가 키득거리며 이기를 나무랐다.

"그런데 서쪽 고허에 관해서 캐물으면 의심을 살 수도 있지 않을까?"

날카로운 지적이었다.

"웬일로 이렇게 옳은 말을 할까."

겸연쩍어진 이기가 검지손가락으로 박박 눈썹을 문질렀다.

"흥, 나야 늘 옳은 말만 하지."

도나는 볼멘소리를 하며 양 볼을 부풀려 보이더니 금세 다시 눈을 반짝이고는 말을 이었다.

"근데 진짜 어떻게 해야 의심받지 않고 서쪽 고허에 대해 알아낼 수 있을까?"

"글쎄…."

사실 이기는 서쪽 고허에 가고 싶지 않았다. 가야 할 이유도 없었다. 서쪽 고허에 가는 목적은 단 하나, 눈에게 안전한 장소를 찾아 주는 것이었다. 서쪽 고허에 관해 묻기 전에 눈의 엄마 행방을 알아낼 수 있다면 좋을 텐데.

그때 도나가 눈의 곁에 무릎을 꿇고 앉고 물었다.

"눈, 엄마랑 이곳에 왔을 때 만난 사람 있어?"

눈이 고개를 젓자, 이번엔 이기가 덧붙여 물었다.

"기억나는 사람이 한 명도 없어?"

눈이 고개를 끄덕였다.

"그럼 엄마랑 둘이, 오아나의 해변에 몰래 있었던 거야?"

설마 하고 물었는데, 눈이 또 한 번 고개를 끄덕였다. 뜻밖의 정보에 당황한 이기와 도나의 시선이 겹쳤다.

"몰래 있었다니…. 그럼 아무도 두 사람을 보지 못했다는 거네? 아나인들이 거짓말을 한 건 아니었나 봐."

"그치만 여기 어디에… 어디에 숨었던 거야, 눈?"

하얀 모래사장과 흰 천막들. 오아나의 해변 어디에 두 사람이 숨을 만한 곳이 있을까. 몸집이 작은 눈은 어찌 숨는다 쳐도 어른까지 더해 둘이라면, 아무리 생각해도 숨을 데가 마땅치 않아 보였다. 이기가 고개를 갸우뚱하자 눈이 무언가 결심한 듯이 무릎에 덮인 담요를 걷어 내고 몸을 일으켰다.

"괜찮아? 벌써 움직여도 되겠어?"

얼떨결에 함께 일어선 도나가 눈의 팔을 부축하며 물었다. 눈은 대답 대신 이기를 말끄러미 바라보고는 씩씩하게 작은 손을 내밀었다.

"어디 가자는 뜻인가 봐."

이기의 손을 잡아끄는 눈을 보며 도나가 말했다. 이기와 도나는 눈이 인도하는 길로 걸음을 옮겼다. 눈이 이끈 곳은 청량한 바람이 진녹색 그늘 사이를 오가는, 해변의 뒤쪽에 자리한 소나무

숲이었다. 이기와 도나는 조심스럽게 숲속으로 걸음을 내디뎠다. 녹음에 몸을 들인 순간 엄습한 것은 진한 솔향. 코끝을 찌르고 정신을 어찔하게 만드는 향기였다.

"여기 숨어 있었다고?"

눈은 솔잎 사이로 떨어지는 가느다란 햇살에 눈이 부신 듯 눈꺼풀을 파르르 떨며 고개를 끄덕였다. 이를 본 도나가 눈의 이마 위에 손그늘을 만들어 주었다.

"해변에서 아주 안 보일 정도는 아닌데… 혹시 밤이었어?"

오늘따라 제법 예리하네, 도나. 이기는 고개를 주억이는 눈의 어깨에 손을 올리고 이어 물었다.

"여기 숨어서 뭐 했어? 기억나는 거 있어?"

눈은 손가락으로 머리 위 소나무의 가지를 가리켰다.

"나뭇가지? 저기 올라가 있었다는 건가?"

"아니야. 아무래도 저 열매를 먹었다는 거 같아."

나뭇가지에 달린 열매의 존재를 먼저 알아챈 이기가 도나의 말을 반박했다. 눈은 조용히 걸음을 옮기고 나뭇가지를 향해 팔을 쭉 뻗었다. 하지만 아무리 까치발을 하고 다섯 손가락을 쫙 펼쳐도 가지에 닿지 않았다.

"와, 빨그스름하니 맛있어 보인다."

도나가 열매 하나를 똑, 하고 따서 눈에게 건네주었다. 동그랗고 탐스러운 열매였다. 가만 보니 소나무마다 엄지손톱만 한 빨간 열매가 조랑조랑 달려 있었다.

"이런 열매가 나는 소나무도 있나?"

"여긴 뭍이잖아, 이기. 뭍은 우리가 모르는 것들로 가득할 거라고."

"하긴…."

이기는 다시 생각을 가다듬고 말을 이었다.

"정리하면… 두 사람은 해가 진 후 이곳에 도착했고, 낯선 곳이니까 일단 분위기를 살피려고 몸을 숨겼나 보네. 그러다 배가 고파서 열매를 따 먹었고…."

"이거 어제 마신 음료수랑 비슷한 맛인데? 이 열매로 만드나 보다."

어느새 열매를 입안에 넣고 오물거리던 도나가 열매 서너 개를 더 따서 눈의 손바닥 위에 올려 주었다. 눈은 손바닥에 쌓인 열매를 가만히 쳐다보기만 할 뿐 좀처럼 먹으려 들지 않았다.

"아나인들에게 발각된 게 아니라면 어쩌다 엄마랑 헤어지게 된 거야? 어떻게 너 혼자 배에 올랐어?"

눈은 여전히 열매에서 시선을 떼지 않았다. 이기는 재촉하지 않고 눈의 반응을 기다렸다. 그런데 갑자기 뭔가를 깨달은 듯, 눈이 손바닥 위의 열매들을 바닥으로 던져 버리더니 곧바로 도나를 향해 달려들었다.

"앗!"

뾰족한 발톱을 세우고 동그란 주먹을 날리는, 새끼 고양이 같은 눈의 앙칼진 몸짓에 당황한 도나는 이제 막 입속에 넣은 열매를 한번 씹어 보지도 못한 채 꿀꺽 삼켜 버리고 말았다.

"왜 그래, 눈?"

열매를 쥔 도나의 손을 있는 힘껏 때린 뒤에야 비로소 눈은 안심하는 듯한 표정을 지었다. 도나의 손에서 떨어진 열매들이 대구루루 굴러가는 모습을 지켜보던 이기가 물었다.

"이 열매… 뭐가 잘못됐어?"

눈이 힘차게 고개를 끄덕였다. 그리고 천천히 두 손을 모아 자기 귀 옆으로 가져다 대고는 고개를 기울였다. 이기는 곧장 그 몸짓의 의미를 알아챘다.

"…잠들었구나."

이기가 중얼거렸다.

"이 열매를 먹고 잠이 들었던 거야."

"뭐?"

도나의 눈이 휘둥그레졌다. 뒤늦게 상황의 심각성을 인지한 도나는 혀에 남은 잔맛을 떨쳐 내려는 듯이 퉤퉤 침을 뱉었다.

"그래서 내가 어제 그렇게 세상모르고 잠들었구나!"

"그러게 뭔지도 모르는 걸 왜 덥석 받아먹어."

"다들 먹으니까 괜찮을 거라고 생각했지. 설마 자기들 마시는 거에 독을 탔겠냐고…."

위험한 열매였다. 설령 잠만 들게 할 뿐 다른 독성은 없다고 해도, 경우에 따라선 치명적인 위험이 될 수 있는 열매였다. 사람을 까무룩 잠들게 만드는 약이라니. 누가 어떤 목적으로 어떻게 사용하느냐에 따라 사뭇 다른 결과가 나타날 터였다. 이기는 발치에 떨어진, 껍질이 터진 열매를 노려보며 생각했다. 기분 나쁜 열매야. 낯선 타지에서 좀처럼 경계심을 풀지 못하는 이기와 같은 이방인이라면 정신을 놓게 만드는 이런 열매를 결코 좋게 여길 수 없을 것이다.

"우리 셋 다 잠들었으면 어쩔 뻔했어. 아나인들이 우릴 물고기 밥으로 던져 버렸을 수도 있잖아."

도나가 가슴을 쓸어내리며 말했다. 하지만 이기는 그리되었을 가능성은 거의 없다고 보았다. 그럴 작정이었다면 애초에 그들을 보살펴 주지 않았으리라.

"아무튼 눈 덕분에 알게 되었으니 지금부터라도 조심하자. 근데 눈, 이 열매를 먹고 나서 잠든 다음에 어떻게 배에 타게 되었는지는 전혀 기억나지 않는 거야? 하나도?"

이기는 말을 뱉고 나서 아차 싶어 눈의 눈치를 살폈다. 너무

채근하는 듯한 말투였나. 아니나 다를까, 눈의 낯빛이 바로 어두워졌다. 시무룩한 얼굴에 옅은 짜증도 배어났다. 엄마와 헤어지게 된 경위를 기억하지 못하는 자신이 답답한 것 같았다. 보다 못한 도나가 눈의 등 뒤로 다가가 축 처진 작은 어깨를 감싸 안았다. 그리고 달래듯 말했다.

"우리 믿지, 눈? 나는 못 믿어도 이기는 믿어. 이기는 한다면 하는 애야. 어떻게 해서든 꼭 엄마를 찾아 줄 거니까 너무 슬퍼하지 마."

도나는 사람의 마음을 잘 달랠 줄 안다. 이기도 도나의 상냥한 목소리와 부드러운 손길에 기대어 기분을 가라앉힌 적이 많다. 물론 겉으론 대부분 못마땅한 척 툴툴대기만 했지만.

"다 잘될 거야."

눈의 마음이 달래질 때까지, 도나는 몇 번이고 되뇌어 줄 것이다. 잘될 거야. 다 잘될 거니까 걱정하지 마. 그런 마음이 눈에게 가닿지 않을 리가 없었다. 점점, 눈의 표정이 풀렸다. 눈은 한결 편안한 얼굴로 도나의 아랫배에 뒤통수를 기댔다. 그런 눈이 귀엽다는 듯 도나가 눈의 뺨을 가볍게 꼬집었다. 그런데 참 이상하지. 그 모습을 본 이기의 마음도 덩달아 녹녹해졌으니 말이다. 이기는 잠시 주저하다가 간신히 입을 떼고 낮게 읊조렸다.

"…나 혼자선 못 해."

"뭐? 잘 안 들려. 더 크게 말해 봐."

이기가 이렇게 나올 줄 알았다는 듯이 도나가 생긋, 장난스럽게 웃었다. 도나는 이기가 무슨 말을 할지 다 알고 있는 것처럼 보였다.

"네 도움이 필요하다고, 도나."

이기의 콧잔등이 붉어졌다. 언제부터인가 이기는 자연스럽게 그렇게 생각하고 있었다. 혼자서는 이 모험을 헤쳐 나갈 수 없어. 내가 아무리 강해져도 나 혼자선 무리야. 내겐 친구가 필요해.

"난 언제나 널 도울 거야, 이기. 그런데…."

도나는 눈의 정수리에 얼굴을 묻고 잠시 뜸을 들였다.

"…나만 널 돕는 게 아니야."

"응?"

"눈도 널 도울 거야. 우리 셋, 앞으로 서로서로 돕지 않으면 안 돼. 서로의 힘이 되어 주어야 해. 그렇지, 눈?"

도나가 눈의 머리카락을 흐트러뜨리자 눈이 턱을 치켜들고 야무지게 고개를 끄덕였다. 꾸밈없이 해사한 몸짓이었다. 이기는 그제야 테의 섬을 떠난 뒤로 줄곧 느껴 온 숨 막히는 긴장감에서 조금 벗어난 듯한 기분이 들었다. 어쩌면 너무 두려워할 필요가 없는지도 몰라. 생각보다 괜찮은 모험이 될 수도 있잖아.

두 사람을 바라보는 이기의 마음에 처음으로 이 모험을 향한 기대가 움텄다.

기적의 반대말

"바다로 나가기 좋은 날씨야. 안 그래, 이기?"

팔짱을 낀 채 저 멀리 수평선에 시선을 두고 있던 오아나가 힐끗 이기 쪽을 쳐다보며 물었다. 홀로 천막을 나선 이기는 오아나를 향해 다가가며 고개를 끄덕였다. 이기는 내심 오아나가 먼저 말을 걸어 주어서 안도했다. 그러잖아도 오아나와의 대화가 필요하다고 생각하던 참이기 때문이다. 이야기가 잘 풀리면 좋겠는데. 이런저런 정보를 얻는 건 둘째 치더라도 해변을 떠날 때 이것저것 도움을 받으려면 오아나의 심기를 거스르지 않는 게 중요했다.

"우린 이제 곧 사냥하러 나설 참인데, 같이 갈래?"

"사냥이요?"

이기는 냉큼 오아나의 주변을 곁눈질했다. 사냥과는 전혀 어울리지 않아 보이는 아나인들이 곰지락곰지락 움직이며 작살과 그물을 챙기고 있었다.

"응. 바다 사냥. 해 본 적 있지?"

물고기를 잡으러 가는구나. 이기는 고개를 끄덕여 보였다. 하지만 아직 바다에 뛰어들 마음은 들지 않았다. 비록 지금은 미풍에 이는 잔잔한 파도만이 제힘의 전부라는 듯 얌전을 떨고 있지만… 바다는 언제든 내키는 대로 얼굴을 바꿀 것이다.

"왜, 무서워?"

오아나가 입술을 가로로 쭉 찢으며 웃었다. 당연히 무섭지. 이기는 속으로 투덜댔다. 가까스로 살아남은 그날 밤을 떠올리니 등줄기에 오싹한 기운이 뻗쳤다. 하지만 무섭다는 말을 입 밖으로 꺼내면 더욱더 무서워질 것 같아서, 이기는 그저 어깨만 으쓱해 보였다.

"폭풍이 몰아치는 바다에 뛰어들 정도면 굉장히 용감할 줄 알았는데. 그 풍랑 속에서 끝까지 채찍을 놓지 않은 네 친구 도나도 그렇고, 너도 그렇고…. 좀 쓸 만한 녀석들인가 했는데… 아닌가?"

오아나의 시선이 이기의 보드에 가닿았다. 무어라 대꾸해야 할지 몰라 멋쩍어진 이기는 허리춤의 보드만 싱겁게 문지를 뿐이었다.

“하긴 죽을 뻔했는데 무서울 수도 있지. 그럼 이걸 좀 마셔 봐. 아나인들이 마시는 아나수야.”

오아나가 유리병에 담긴 붉은 음료수를 나무 잔에 따르자 그 모습을 지켜보는 이기의 가슴이 조마조마해졌다. 올 것이 왔다는 생각이 들어서였다. 이기는 조심스럽게 질문을 건넸다.

“근데… 이걸 마시면 단잠을 자게 되지 않나요? 그럼 사냥을 못 하잖아요?”

단잠이 아니라 기절에 가깝다고 생각했지만, 말을 가려서 할 필요가 있었다. 오아나는 이기에게 잔을 건네며 장난스럽게 코를 찡그렸다.

“어제 도나 그 친구가 좀 많이 마시는 거 같더니, 꽤 푹 잤나 보지?”

이기는 마지못해 잔을 받아 들었다. 강요하는 듯한 분위기는 아니었지만 거절해서는 안 된다는 직감이 들었다.

“그 아이… 아나인이 될 생각은 전혀 없다고 하더니 너희들 중에 가장 먼저 기적을 체험했네.”

비웃음인지 득의의 미소인지 모호한 표정이 오아나의 얼굴을 스쳤다.

"기적이요?"

"그래, 기적. 아나수는 은총이 내린 열매로 만든 기적의 음료수지."

사람을 세상모르고 곯아떨어지게 만드는 게 무슨 기적씩이나 된다는 거지. 이기는 오아나의 말이 영 떨떠름했다. 하지만 지금 의심과 불신을 내보여서 좋을 게 뭐가 있겠는가. 그러니 이어질 말을 기대하는 것처럼 눈을 동그랗게 뜨고 오아나를 쳐다보는 수밖에 없었다. 오아나는 그런 이기가 귀엽다는 듯이 싱긋하며 이어 말했다.

"사람들이 왜 근심, 걱정, 두려움을 느끼는지 알아, 이기?"

이기는 가만히 고개를 저었다.

"욕망… 바로 욕망 때문이야."

오아나의 손끝이 이기의 이마에 닿았다. 그리고 천천히, 이기의 명치로 옮겨 갔다. 마치 욕망이 거기에 있다는 듯, 뜨거운 손끝이 이기의 머리와 가슴팍을 찔렀다.

"인간은 바라고, 기대하고, 희망을 품는 존재지. 행복하길 바라고, 사랑받길 기대하고, 내일은 오늘보다 나을 거라 희망을 품고…. 그치만 생각해 봐. 살면서 네가 원하는 바를 이룬 적이 몇 번이나 있는지. 욕망하는 모든 걸 가질 수도, 이룰 수도 없는데 살아 있는 내내 무언가를 꿈꿔야 한다니, 너무 가혹하지 않니?"

내가 원한 것은 엄마와 함께 평온한 생활을 이어 나가는 일뿐이었는데. 이기는 속으로 씁쓸히 되뇌었다. 단 하나의 소망마저 이루어지지 않았으니 오아나의 말을 쉬이 부정할 수가 없었다.

"아나수는… 그런 쓸데없는 욕망을 모두 잠재워 줘."

오아나가 유리병을 흔들며 눈을 내리깔았다. 유리병 속 반쯤 남은 아나수가 영롱한 진홍빛을 발산하며 찰랑거렸다.

"행복하지 않아도 된다고, 사랑받지 못해도 상관없다고, 내일이 오늘보다 별로라고 해도 괜찮다고 우리의 머리와 심장에 주문을 걸어 주는 거야. 그 무엇도 욕망할 필요 없다고…. 그게 아나수의 기적이야, 이기. 무욕의 인간이 되는 것. 욕망이 없는 존재가 얼마나 멋진 줄 아니? 아나인들을 봐. 얼마나 평온한지. 아나인들은 근심, 걱정 두려움, 그 어떤 것도 느끼지 않아. 자기 욕구를 채우려고 전전긍긍하는 일이 없지. 아무것도 욕망하지 않으니 아무것에도 실망하지 않고."

그래… 그거였구나. 내가 아나인들을 어색해한 이유. 그 안온한 미소에 거리감을 느낀 이유. 이기는 자기 이름으로 불리고 싶은 욕망마저 제거된 아나인들을 복잡한 심정으로 휘둘러보았다.

보기 좋게 그을린 살갗과 고요한 표정만이 다를 뿐, 이기의 눈에 아나인들은 각성 전의 좀비들과 다를 바 없이 보였다. 진멸인이 사라진 세상에서 모든 욕구를 잃은 채 쉬이 몰이당하던 좀비들처럼 아나인들 역시 누군가의 욕망과 의도가 섞인 세속의 바람몰이에서 결코 자유롭지 못할 것 같았다. 게다가 그들을 몰이하려는 자가 외부가 아닌 내부에 있다면….

몰이꾼의 본능이 이기를 자극했다. 오아나를 향한 이기의 눈빛이 미묘하게 달라졌다. 몰이꾼은 몰이꾼을 알아보는 법이지. 그런데 당신은 아무래도 나쁜 몰이꾼인 것 같아. 이기는 불신으로 흔들리는 표정을 요량껏 숨겨 내지 못했다.

"하지만 그러면… 좀비처럼 되는 거잖아요."

"좀비…?"

오아나의 얼굴이 일그러졌다. 아름답던 눈동자가 순식간에 거무죽죽해졌다.

"아나인들이… 좀비 같다고?"

오아나는 '좀비'라는 단어를 입에 올리기도 싫다는 듯이 치를 떨었다. 내 표정 때문이 아니구나. 나도 모르게 드러낸, 의심에 찬 표정 때문에 이러는 게 아니야. 이기는 순간적으로 알아챌 수 있었다. 오아나가 반응한 것은 오직 이기의 입에서 나온 '좀비', 두 글자 때문이었다.

"다들 들었지? 어떻게 생각해?"

턱을 치든 오아나가 아나인들을 향해 눈을 내리떴다. 아나인들이 서로 시선을 맞추며 웅성거리기 시작했다. 수런대는 소리속 유독 '좀비'라는 단어만이 낮은 목소리와 불분명한 발음으로 스치듯 울렸다. 그제야 이기는 오아나의 해변에서 '좀비'라는 단어가 금지어나 마찬가지라는 사실을 알아차렸다. 하지만 도무지 이해가 되지 않는 상황이었다. 지금의 세계에서 좀비의 존재를 부정하며 사는 일이 가능하다고? 오아나의 해변에서 좀비를 찾아볼 수 없는 게 어쩌면 우연이 아닐지도 모른다는 생각이 들었다.

오아나가 속눈썹을 파르르 떨며 입을 열었다.

"우리의 어린 이방인이 아직 뭘 잘 모르나 본데…. 기적의 반대말이 뭔지 아니, 이기?"

이기가 고개를 젓자 오아나는 다시 물었다.

"그럼 좀비들이 왜 그렇게 끔찍한 존재가 되었는지는 알고?"

왜긴 왜야. 바이러스 때문이지. 하지만 오아나가 바라는 대답은 그게 아닐 것이다. 이기가 다시 고개를 젓자 오아나는 그럴 줄 알았다는 듯이 입술 꼬리를 샐그러뜨렸다.

"아무래도 이기 넌 여기서 배워 두어야 할 게 많아 보이네. 눈의 엄마를 찾기 위해 이곳을 떠나기 전에 말이야."

마치 이기의 계획을 다 눈치채고 있었다는 듯한 말투였다. 도나가 여기저기 묻고 다닌 게 벌써 오아나의 귀에 들어간 모양이었다. 말이 나온 김에 도움을 요청하면 좋은데…. 하지만 이기는 쉬이 말을 꺼내지 못했다. 어쩐지 오아나의 말과 몸짓, 표정에서 불길한 기운이 느껴졌기 때문이다. 이기 일행이 해변을 떠나리라는 사실을 기정사실화하면서도 '그런데 사실 그렇게 순순히 보내 줄 생각은 없어.'라고 귀띔하는 듯한 태도. 오아나의 이중적인 메시지를 어떻게 받아들여야 할지 이기는 도통 알 수가 없었다.

일단은 덥석 도움부터 요청하지 말고, 배우려는 자세를 보여 주자. 이기는 뭐든 알려 주는 대로 받아들이겠다는 듯이 눈을 반짝이며 말했다.

"맞아요. 여긴 정말 배울 게 많아 보여요. 그러니까 가르쳐 주세요. 좀비들이 왜 그렇게 되었는지, 기적의 반대말은 뭔지…."

이기가 대뜸 내보인 의욕 때문일까. 아나인들의 시선이 조르르 이기에게 모여들었다. 오아나의 시선도 마찬가지였다. 오아나는 이기에게 느끼는 흥미로운 감정을 숨길 생각이 없어 보였다. 물론 그건 이기의 착각일 수도 있었다. 오아나의 눈동자가 빛과 바람을 품고 일렁일 때면 그 눈망울은 모든 것을 드러내는 것처럼 보이다가도, 한편으로는 모든 것을 감추는 양 보이기도 하기에. 꾸며 낸 노랫말뿐인 것 같아 거부감이 들다가도 어쩌다 한 자락 벌거벗은 진실을 품은 듯한 곡조가 울리면 불식간에 도리 없이 사로잡히고 마는 위험한 노래. 오아나의 눈동자는 그런 노래와도 같았다.

"버력…."

"네?"

"좀비들은 버력을 입은 거야."

천벌, 천벌, 천벌…. 아나인들이 잔뜩 웅크린 채로 웅얼거렸다.

"때때로 하늘은 기적을 내리기도 하지만 버력을 내리기도 하거든."

그제야 이기는 오아나가 말하는 버력이 천벌과 같은 뜻이라는 사실을 알아차렸다. 하지만 단어의 뜻을 알아차렸다고 해서 그 의미를 다 이해할 수 있는 건 아니었다. 도대체 좀비들이 무슨 죄를 지었단 말인가? 그들은 그저 바이러스에 당했을 뿐이다. 엄마가 적맥인병에 걸린 게 엄마의 탓이 아니듯 말이다.

"그런데 이번엔 하늘이 실수를 한 거지."

"실수요?"

"그래. 하늘도 실수할 때가 있다니, 신기하지? 좀비들은 모두 마땅히 이 세상에서 사라졌어야 할 존재들이야. 그런데 하늘이 실수를 하는 바람에 그저 썩어 가는 채로 남겨진 거고."

이기는 오아나의 확신에 찬 목소리에 거부감을 느꼈다. 오아나는 눈살을 찌푸리는 이기를 보고도 아랑곳하지 않고 말을 이었다.

"그러니 어떻게 해야겠니?"

"네?"

"하늘의 실수를 누군가는 수습해야 하지 않겠어?"

마치 그 '누군가'가 바로 자신이라는 양 오아나가 어깨를 펴고 눈썹을 추어올렸다.

"어떻게 수습하는데요?"

"곧 알게 될 거야. 오늘은 말코가 나 대신 수습하러 갔지. 말코는 내 뜻을 받드는 나의 충직한 연인이거든. 아마 내가 사냥을 하러 나간 사이에 돌아올 테니, 그때 이기 네 눈으로 직접 확인하렴."

오아나의 얼굴에 의미심장한 미소가 어렸다.

"그럼 우리는 출발해 볼까. 준비들 됐지?"

오아나의 말에 아나인들이 일제히 고개를 끄덕였다. 여전히 사냥과는 어울리지 않는 얼굴이었다.

◆◆◆

오아나가 없는 해변은 적막하기 그지없었다. 해변에 남은 아나인들은 하얀 천막 아래에서 꼼짝도 하지 않았다. 아무것도 몰랐던 때라면 무척 평화로운 정경이라고 생각했겠지. 하지만 이젠 달랐다. 낮잠을 즐기는 아나인들에게서 느껴지는 건 한가로운 정취가 아니라 기묘함을 넘어선 기괴함이었다.

"똑같이 바다를 접하고 있는데, 이곳은 어쩌면 이렇게 다를까? 모래가 진짜 고와서 발에 부드럽게 착착 감기는 느낌이 너무 좋아."

키득키득, 눈의 몸을 모래에 반쯤 묻어 놓고 난 도나가 자기 발등에도 소복이 모래를 쌓아 올리며 웃었다. 도나는 이 요상한 해변의 분위기를 자신만의 명랑함으로 물들이는 중이었다.

"우리 섬에는 몽돌밖에 없잖아. 거기도 요런 모래사장이 있으면 좋을 텐데."

테의 섬이 아닌, 우리 섬. 이제는 누구의 눈치도 보지 않고 뱉을 수 있는 말이지만 후련함과 동시에 씁쓸함을 느낄 수밖에 없는 말이기도 했다. 단어 하나를 바꾸어 말하는 것도 섬을 떠난 뒤에야 비로소 가능하다니.

이기는 하얗게 밀려오는 우아한 파도에 시선을 던지며 중얼거렸다.

"나는 몽돌밭이 더 좋아. 파도가 몽돌을 쓸고 가는 소리가 벌써 그리워."

"그건 그래. 오늘 같은 날씨엔 몽돌들이 한창 반들반들 예쁘게 빛나고 있겠지?"

중천에 걸려 있던 해가 서서히 내려앉고 있었다. 햇빛에 반짝이는 물거품이 도나의 눈동자 속에도 잔물결을 일으켰다. 도나도 그리워하고 있구나. 우리가 태어나고 자란 곳, 서로 의지하며 성장한 곳, 함께 탈출해 떠나온 곳을. 이기는 수평선 너머를 하염없이 바라보았다. 섬의 모습은 눈에 보이지 않았지만 섬에서의 기억은 눈에 선했다. 가장 선명히 떠오르는 건 엄마와 우 씨 아저씨의 얼굴이었다. 울컥 감정이 일었다. 파도가 밀려갈 때마다 자신을 강하게 잡아당기는 것만 같았다. 돌아가자고, 섬으로, 엄마에게로 돌아가자고.

이기는 가까스로 바다를 외면했다. 머릿속을 가득 채운 엄마와 우 씨 아저씨의 얼굴 대신 도나와 눈의 모습에 시선을 두려 애썼다. 눈앞의 사람들에게 집중하지 않으면 슬픔을 닮은 그리움에 잠식되고 말 것만 같았다.

"애 발 좀 봐. 꼭 조약돌 같아."

모래 밖으로 빼꼼히 나온 희고 작은 발. 도나가 눈의 발을 검지로 콕콕 찌르며 까르르 웃었다.

"좀 태워야겠다. 햇볕에 잘 구워서 까만 몽돌로 만들어 버리자."

도나가 눈을 향해 짓궂게 덤벼들었다. 눈이 몸을 비틀며 반항하자 모래알이 사방으로 튀었다. 도나는 눈, 코, 입에 전부 모래가 들어간 듯이 보이는데도 전혀 굴하지 않고 눈의 몸 구석구석을 간지럽혔다. 눈이 눈물을 찔끔거리며 웃기 시작했다. 그 웃음소리에 어떻게 마음이 동하지 않을 수 있을까. 이기는 쇠붙이가 자석에 달라붙듯 기세 좋게 둘에게로 감겨들었다. 그러자 도나와 합심하여 자신을 간질이는 이기에게 배신감을 느낀다는 듯 눈이 뾰로통하니 이기를 째려보았다. 그 모습이 사랑스러워서, 이기는 자기도 모르게 눈을 번쩍 안아 들었다.

그때였다.

"어? 저기…."

저편 소나무숲 근처에, 이제 막 정차한 오토바이에서 낯익은 실루엣이 내렸다. 이기는 실눈을 뜨고 시야를 부옇게 만드는 아지랑이를 걷어 내려 애썼다.

"말코 아니야?"

이기를 따라 시선을 옮긴 도나가 물었다.

"그런 것 같은데…."

"어디 다쳤나?"

말코는 오토바이에서 내리자마자 가슴을 움켜쥐고 비틀거리기 시작했다. 이기는 눈을 바닥에 내려놓고 말코의 움직임을 살폈다. 확실히 불안정한 걸음걸이였다. 아니나 다를까. 한 걸음, 두 걸음…. 몇 발자국 내딛지도 못하고 말코가 앞으로 고꾸라졌다. 그 순간 퍼뜩 오아나가 한 말이 떠올랐다. 말코는 도대체 무엇을 수습하러 갔던 걸까? 오아나는 무엇을 내 눈으로 직접 확인해 보라고 한 걸까?

하지만 지금은 그런 생각에 골몰해 있을 때가 아니었다. 눈도 그렇게 생각하는 것 같았다. 이기는 자기 손을 잡아끄는 눈을 따라 말코에게로 향했다. 해변에 도착한 첫날 말코가 이기 일행을 돌보아 주었으니, 이제 은혜를 갚을 시간이었다.

"말코, 괜찮아요?"

가장 먼저 달려간 도나가 무릎을 꿇고 앉아 말코의 상태를 살폈다.

"으…."

"가슴만 다친 게 아닌데? 머리에도 피가…."

도나 말대로 말코의 옆통수에 피와 머리카락이 한데 엉켜 끈끈히 달라붙어 있었다.

"말코, 말코! 일어날 수 있겠어요?"

말코는 대답을 하지 못하고 신음만 낼 뿐이었다.

"들것을 가져오자."

이기의 말에 도나가 고개를 끄덕이고는 냉큼 일어섰다.

"받은 대로 돌려줘야겠네."

"그런 표현은 앙갚음할 때나 하는 말 아니야?"

"몰라, 암튼…. 난 받은 만큼은 꼭 돌려줘야 해."

은혜를 제대로 갚으리라는 의지로 불타오르는 도나의 얼굴을 보니 웃을 상황이 아닌데도 웃음이 났다. 받은 만큼만 돌려주면 괜찮게…. 도나는 받은 것을 몇 곱절로 대갚음해야만 성이 차는 성격이었다. 어쨌든 이번엔 복수가 아니라서 다행이었다.

이기가 뒷머리를 긁적이며 말했다.

"표현이 좀 이상하긴 하지만… 우리 다 똑같은 생각인가 보네. 그렇지?"

이기가 도나와 눈을 번갈아 쳐다보았다. 눈이 자못 진지한 표정으로 고개를 끄덕이자 도나가 기특하다는 듯이 눈의 머리를 헤집었다.

좀비 사냥꾼

말코는 눈을 뜨자마자 극심한 통증을 느끼는 것 같았다. 눈을 뜨자마자 알아들을 수 없는 신음을 연신 내뱉으며 인상을 찌푸리는 걸 보니 아무래도 머리가 몹시 아픈 듯이 보였다.

“너희가 왜…. 오아나는…?”

“말코, 지금은 움직이지 않는 게 좋겠어요.”

“오아나는…!”

억지로 몸을 일으키던 말코가 옆구리를 움켜쥐며 헉하고 숨을 들이마시자 도나가 혀를 차고는 말코를 부축했다.

“이기 말 들어요. 머리의 피는 멎었지만 갈비뼈도 성하지 않은 거 같으니까.”

"으으…."

아직 제대로 정신을 차린 것 같지 않아. 이기는 말코의 초점 잃은 멍한 눈을 살피며 찬찬히 설명하듯 말을 건넸다.

"오아나는 아나인들과 함께 바다로 나갔어요. 말코는 오아나가 사냥하는 동안 따로 할 일이 있었잖아요. 혼자 뭔가 수습하러 갔었죠? 기억나요?"

"수습…. 그래, 맞아. 내가 수습해야 했지."

말코는 그렇게 중얼거리다 말고 헛구역질을 했다.

"어지러워. 어지러워 죽을 거 같아."

순식간에 말코의 얼굴이 하얗게 질렸다. 도나가 걱정스러운 표정으로 말코의 이마에 손등을 가져다 댔다.

"식은땀 나는 것 좀 봐. 어떡하지?"

"아나수… 아나수를 가져다줘."

말코가 말라 터진 입술을 간신히 떼며 말했다.

"안 돼요. 지금 잠드는 건 안 좋을 수 있어요. 산자 할머니가 그랬다고요. 체온이 떨어질 때는 함부로 잠들면 안 된다고."

"쓸데없는 소리 말고 어서 아나수를…!"

말코는 절박해 보였다. 화를 내는 듯도 하고, 사정하는 듯도 했다. 하지만 도나는 고집스레 팔짱을 끼고 말코를 내려다볼 뿐이었다. 그때 말코를 향해 다가간 사람은 바로 눈이었다.

"눈?"

의아한 눈빛으로 눈을 쳐다보던 도나는 이내 눈치챈 바가 있는 듯 고개를 까닥였다. 눈은 나부시 말코의 옆에 앉아 몽돌처럼 조그마한 손을 뻗었다.

"제발! 아나수를 가져다 달라고!"

"가만히 좀 있어요! 곧 아나수 따윈 생각도 안 날 테니까."

"뭐…?"

그제야 말코는 자신의 손등을 덮은 눈의 온기를 느낀 듯 멀거니 눈을 바라보았다. 평온한 눈의 얼굴이 말코의 눈동자에 비쳐 아롱거렸다. 흐리멍덩하던 말코의 눈에 점점 맑은 빛이 돌기 시작했다.

"뭐야…. 어지럽지도 않고 아프지도 않아…. 이게 어떻게 된 거야?"

말코가 조금 무서워하는 기색으로 물었다. 그럴 만도 했다. 눈의 능력은 단순히 신기한 정도가 아니었다. 조금 전까지 죽을 듯이 아파하던 사람을 몇 초 만에 무통의 상태로 만들어 놓다니, 신기하다 못해 두려움이 느껴질 정도였다.

"궁금해할 필요 없고, 그냥 고맙다고 하면 돼요."

도나가 말코를 향해 딱 잘라 얘기했지만 말코는 도나의 말이 귀에 들리지 않는 것 같았다.

"너… 네가 지금 나한테 기적을 베푼 거야?"

말코가 와락 눈의 팔뚝을 움켜쥐고 물었다. 마치 이렇게 두려워하는 이유가 따로 있다는 듯한 말투였다.

"왜 이래요! 손 놓고 얘기해요."

도나가 눈의 어깨를 껴안으며 소리쳤다.

"말코, 진정해요."

이기도 황급히 무릎을 꿇고 앉아 말코의 손목을 힘주어 잡았다. 말코는 눈을 뚫어지게 쳐다보며 떨리는 목소리로 말했다.

"네가 누군지 어떤 존재인지, 난 상관없어. 하지만 너에게 특별한 능력이 있다면…."

말코의 흐트러진 머리카락 사이로 목소리만큼이나 떨리는 눈동자가 드러났다.

"만약 그렇다면 어서 여길 떠나야 해. 오아나가 알면 큰일 난다고."

"그게 무슨 소리예요?"

정체 모를 섬뜩함을 느끼며 이기가 물었다. 말코는 이기라면 말이 통할 것 같다는 듯이 사정하는 얼굴로 이기를 응시했다.

"아나인들에게 기적을 베푸는 사람은 오아나 단 한 명이어야 해. 오아나는 이 아이의 존재를 절대 용납하지 않을 거야."

"용납하지 않는다니…. 뭘 어떻게…."

도나가 긴장감을 애써 감추며 어이없다는 듯이 웅얼거렸다. 말코는 불규칙한 호흡을 내쉬며 눈의 팔을 쥐고 있던 손힘을 풀더니, 이내 고개를 떨구며 답했다.

"소나무숲에 묻겠지. 좀비들과 함께."

도나가 놀란 목소리로 물었다.

"소나무숲에 좀비들이 묻혀 있다고요? 왜요?"

이기는 그제야 오아나가 한 말들이 조금씩 이해가 가기 시작했다. 하늘의 실수니, 은총이 내린 열매니 하던 이상한 말들….

"말코…. 오늘 좀비들을 사냥하러 갔던 거죠?"

이기의 목소리가 무거워졌다. 말코는 어두운 표정으로 고개를 끄덕였다.

"좀비들을 사냥한다고요? 도대체 왜요?"

좀비 사냥이라니. 좀비몰이꾼인 이기와 도나는 결코 이해할 수 없는 짓이었다. 왜 아무 잘못 없는 좀비들을 죽인다는 말인가. 그저 나쁜 몰이꾼이라고만 생각했는데, 오아나 당신은 몰이꾼이 아니라 사냥꾼이었어.

"말해 봐요. 왜 좀비들을 사냥한 거예요? 걔네가 얼마나 순하디순한데. 각성을 한 거면 몰라도…."

"각성…?"

도나의 말에 말코가 고개를 쳐들며 민감하게 반응했다.

"좀비들이 각성을 한다고? 너희, 각성한 좀비들을 본 적 있는 거야?"

도나는 아무 말도 하지 못하고 도움을 요청하듯 이기를 쳐다보았다. 이기는 굳은 표정으로 대답했다.

"맞아요. 테의 섬에 각성한 좀비들이 있었어요."

"그래, 그랬군. 좀비들이 각성을 해서 그렇게 날뛴 거야…."

"좀비들하고 싸우다가 이렇게 된 거예요?"

말코가 고개를 끄덕였다.

"오아나는 뭐든 사냥하는 걸 좋아해. 나도 사냥을 싫어하는 건 아니고. 난 사냥에 재주도 있는 편이거든. 하지만 좀비들을 사냥하는 건 정말 괴로웠어. 피할 줄도, 도망칠 줄도 모르고, 자신을 방어할 줄도 모르는 좀비들을 공격해야 했으니까."

"그렇게 괴로운데 왜 그랬어요? 오아나가 시켜서? 오아나 말을 안 들을 순 없었어요?"

"나는… 오아나의 말을 듣지 않는 법을 몰라."

말코가 눈을 내리깔며 나지막이 말했다. 눈이 말코의 팔에 계속 손을 대고 있던 터라 몸도 마음도 한결 편안해진 듯 보였다. 그래서였을까. 잠시 뜸을 들이던 말코는 이내 속내를 풀어놓기 시작했다.

"우린 버려진 아이들이었어. 태어나자마자 우릴 보살펴 주겠다고 약속한 부부에게 팔려 가서는 산속 외딴집에 갇히게 된 불운한 아이들이었지. 부부는 악랄한 사람들이었어. 오아나와 내가 그곳에서 얼마나 지독한 시간을 겪었는지 너희는 상상도 못 할 거야. 부부는 자신들이 낳은 좀비 형제들만 애지중지했어. 우리는 좀비들을 위한 장난감이나 다름없었다고…. 죽지 않을 정도로만 입에 풀칠하고 사는, 굶주린 장난감이었달까. 하루하루가 지옥 같았지."

이기는 테가 낳은 다섯 좀비를 떠올렸다. 좀비든 적맥인이든 진멸인이든 부모가 자식을 사랑하는 마음에 우열을 가릴 수 있을까? 다만 자기 자식만 귀하다 여기는 사람들이 문제겠지. 말코와 오아나가 그런 악질에게 걸려 고통받았을 시간을 생각하니 가슴이 아렸다.

"그래도 그 지옥 같은 시간을 버틴 건 다 오아나 덕분이었어. 오아나는 늘 자기 몫의 음식을 내게 나눠 주고, 나 대신 매를 맞아 가면서까지 날 지켜 줬어. 오아나가 아니었다면 그곳에서 탈출하지도 못했을 거야. 탈출은커녕 지옥의 망령이 되어 부부의 기념품으로 영원히 박제되었겠지. 오아나는 날 살리기 위해 자기 목숨을 걸고 탈출을 시도했어. 그런 내가 어떻게 오아나의 말을 거역하겠어?"

"그렇다고 오아나가 시키는 대로 다 하는 건 말도 안 돼요."

도나가 눈에 힘을 주고 말했지만 말코는 맥없이 고개만 저을 뿐이었다.

"오아나가 일그러지면 나도 일그러지는 거야. 오아나가 좀비를 싫어하면 나도 싫어하는 거고."

상대를 맹신하고 추종하는 사랑이 이토록 위험해질 수 있다니. 우 씨 아저씨도 엄마를 믿고 따르지만 그런 우 씨 아저씨에게서 위험하다는 느낌을 받은 적은 없었다. 말코의 사랑과 우 씨 아저씨의 사랑은 무엇이 다를까.

"산장을 탈출한 우리는 꼬박 여드레를 정신없이 달렸어. 발바닥이 다 벗겨지도록 뛰었지. 그러다 이곳에 도착했고. 평생 자물쇠가 주렁주렁 달린 집에 갇혀 산 우린 그때 난생처음으로 바다를 보았어. 강렬한 충격이었지. 어떻게 이렇게 눈부실 수 있을까. 소름이 끼칠 정도였어. 그때 오아나가 말했어. 이 해변에서 영원히 살고 싶다고. 이 해변을 우리의 것으로 만들자고. 나도 그러자고 했지. 천막을 만들고, 낚시하고, 수영하고. 처음엔 행복했어. 좀비들이 이곳으로 흘러들어 와 어슬렁대기 전까진 말이야."

"좀비들이 무슨 해를 끼치는 건 아니잖아요."

"그래. 그건 맞아. 생각해 보면 산장에서의 학대도 그랬지. 좀비들이 정말 미웠지만, 그런 상황을 만든 건 좀비가 아니라 인간이었으니까. 하지만 우리의 해변을 침입한 좀비를 본 순간 오아나는 손쓸 틈도 없이 미쳐 날뛰었어. 한 놈도 살려 두지 않겠다며 발광했지. 난 오아나를 말리지 못했어…. 아니, 어쩌면 말리고 싶지 않았는지도 몰라. 산장을 탈출한 뒤 좀비들과의 첫 대면이어서 그랬을까. 좀비들의 노리개였던 순간으로 다시 돌아간 듯 치가 떨렸거든. 너희, 증오심을 공유하면 어떻게 되는지 아니?"

이기와 도나, 눈이 동시에 고개를 저었다.

"증오심이 증폭하기 시작해. 걷잡을 수 없이 커지는 거야. 증오심이 터져 나오면 해방감이 자라고, 해방감이 자라는 만큼 증오심이 거듭 커지고…. 그건 정말 짜릿한 경험이었지만 한편으로는 죽도록 무서운 경험이었어. 마치 어떤 강력한 힘이 내 안에 가득 찬 듯이 느껴지더라고. 날 잡아먹을 것 같은 무시무시한 힘이…. 난 그 힘에 뻗대지 못했어. 그 힘 앞에 무릎 꿇고, 그 힘에 꿀꺽 잡아먹혔지. 결국 그날 우리는 밤새도록 소나무숲에 좀비들을 묻었어. 그런데… 이후로 이상한 일이 벌어졌어."

"무슨 일이요?"

도나가 침을 꿀꺽 삼키며 물었다.

"소나무에 전에 없던 열매가 생기기 시작한 거야. 빨갛고 탐스러운 열매가. 먹지 않고는 못 배기는, 한없이 먹음직스러운 열매."

하필 좀비들을 묻은 소나무숲에 이렇듯 기묘한 열매가 생기다니. 오아나와 같은 사기꾼이 이용해 먹기 딱 좋은 우연 아닌가.

“그 열매를 처음 먹은 날 밤, 우린 모든 악몽에서 벗어나 깊이 잠들었어. 악몽 없이도 잠들 수 있다는 걸 그때 처음 알았어. 이렇게 편히 잠잘 수 있다고? 그동안 내가 겪은 고통은 무엇이었나 싶어서 좀 허탈할 정도였지. 하지만 오아나는 나와 다른 감정을 느끼는 것 같았어. 단잠을 자고 일어난 오아나의 눈이 그 어느 때보다 영롱하게 빛났거든. 오아나는 무언가를 절실히 믿는 듯한 눈으로, 아니 어쩌면 다른 이들뿐 아니라 자기 자신까지 속이려 드는 듯한 간절한 눈으로 말했어. 이건 은총이라고.”

오아나가 자기의 증오심을 마음껏 풀어 놓을 명분을 찾았구나. 그럼 그렇지. 하늘의 뜻이라는 게 그리 시시할 리가 없다. 하늘의 뜻이라는 핑계로 자신의 욕구를 충족하고자 하는 사람이 있을 뿐.

“오아나와 나는 사냥을 멈추지 않았어. 해변에 좀비들의 발길이 뜸해지자 적극적으로 찾아 나서기도 했지. 소나무숲에 더 많은 좀비를 묻을수록 열매도 더 많이 생겼어. 그러자 하나둘씩 사람이 몰려들었고…. 오아나는 열매로 아나수를 만들어 대접했어. 사람들은 오아나에게, 그리고 아나수에 홀렸어. 어쩌면 당연한 일이야. 모두 저마다 사연을 가지고 떠돌던 사람들이었으니까. 잊고 싶어 몸부림치면서도 잊을 수 없는 슬픈 기억을 지닌 사람들 말이야. 그들에게 오아나의 매력과 아나수의 효능은 거부할 수 없는 유혹이었지."

"오아나가 그들을 이용한 거군요. 자기가 원하는 세계, 오아나의 해변을 만들려고."

"그래. 오아나는 자신이 만든 세계에 다시 자물쇠를 주렁주렁 달아 둔 거야…. 우린 지옥에서 가까스로 탈출하고도 또 다른 지옥을 만들고 말았어…. 스스로 지옥을 만들고 그 지옥에 자기를 가두어 버린 거지…"

양손에 얼굴을 묻고 괴로워하는 말코를 보며 측은한 마음이 들려는 찰나, 도나가 별 수 없는 말투로 다급히 물었다.

"말코, 우릴 도와줄 거죠? 말코 말대로라면 오아나가 눈을 가만둘 리 없잖아요. 기적을 베푸는 사람이 둘인 것도 용납 안 되겠지만 눈이 진멸인이라는 걸 알게 되면…."

"도나!"

눈이 진멸인이라는 걸 말해 버리면 어떡해. 놀란 이기가 도나의 말을 끊었다. 하지만 도나는 이기의 책망에도 꿈쩍하지 않았다. 이미 말코가 도와주리라 자신하는 듯했다.

"진멸인…?"

말코가 얼굴을 가렸던 손을 내리며 눈을 쳐다보았다.

"그래…. 그래서 좀비들이 날뛴 거구나! 좀비들이 각성한 이유가 바로 너였어….”

의문이 풀린 듯한 말코의 얼굴 위로 신기함과 두려움의 감정이 엇갈려 지나갔다. 눈의 능력을 알아챘을 때 보인 표정과 똑같았다. 말코는 생각을 가다듬는 듯 눈을 질끈 감았다 뜨며 말을 이었다.

“좀비들을 미치게 만드는 존재라면 이곳에서 환영받을 수 없지. 좀비들이 나한테 덤벼든 기세로 해변을 공격한다면 나와 오아나가 아무리 힘을 써도 당해 낼 수 없을 거야. 아나인들은 속수무책일 테고, 좀비들은 이곳을 쑥대밭으로 만들겠지. 오아나는 분명 진멸인을….”

이어지는 말을 차마 못 듣겠다는 듯이 도나가 무릎을 꿇으며 외쳤다.

“말코! 우리가 이곳을 떠날 수 있도록 도와주세요!”

말코는 씁쓸한 미소를 지으며 중얼거렸다.

“내가 어쩌다 좀비사냥꾼이 되고 말았지만…. 인간을 사냥할 생각은 추호도 없어. 오아나가 더 망가지게 둘 수도 없고. 말했다시피 오아나가 망가지면 나도 망가지는 거니까.”

거 봐. 말코는 우릴 도와줄 거라니까. 도나가 의기양양한 얼굴로 이기를 쳐다보았다. 그리고 재차 자신의 믿음을 확인하듯 물었다.

"그럼 도와주는 거죠?"

말코가 잠자코 고개를 끄덕였다. 오아나의 말을 거역해야 하는 상황이 오기 전에 먼저 손을 쓰리라 다짐하는 눈치였다. 어쩌면 그 덕에 이기 일행이 무사히 오아나의 해변에서 탈출할 수 있는지도 모르는 일이었다.

이제 도나처럼 말코의 말을 믿는 수밖에 없다고 생각한 이기가 말했다.

"우린 서쪽 고허에 갈 거예요."

◆◆◆

말코의 길 안내로 다다른 곳은 뻥 뚫린 8차선 고속도로였다. 도로 위 여기저기 망가지고 부식된 자동차들이 무덤처럼 자리한 풍경은 그다지 낯설지 않았지만, 그토록 넓은 길을 마주한 것은 처음이었기에 이기와 도나는 눈을 둥그렇게 뜨고 저 멀리 지평선을 바라보았다.

"이 길을 쭉 따라가면 서쪽 끝으로 이어질 거야."

말코가 오토바이 뒤편을 힐끗 쳐다보며 말했다. 도나는 말코의 허리를 붙잡고 있던 손을 풀며 뒷좌석에서 내렸다. 도나의 시선은 여전히 회색 도로와 지평선이 만나 이룬 소실점에 머물러 있었다.

"말코는 서쪽 고허에 가 본 적 있어요?"

"아니. 거기 진멸인들이 숨어 살고 있다는 풍문은 들어 본 적 있어. 물론 그 말을 믿는 사람은 없겠지만…."

이런 세상에 진멸인이 살아 있을 리 없으니까. 아마도 그렇게 말할 참이었겠지. 흠칫 말을 멈춘 말코는 이기의 등에 매달린 눈을 향해 시선을 옮겼다. 눈앞에 버젓이 살아 있는 진멸인을 본 이상 이제 그 풍문을 믿지 않기도 힘들 것이다. 이기는 보드에서 발을 떼며 눈을 내려놓았다.

"얼마나 걸릴진 나도 몰라. 챙겨 온 물이랑 먹을거리론 며칠 못 버틸 거야."

말코 말이 맞다. 곤히 잠든 아나인들 몰래 이것저것 주워 담긴 했지만 얼마나 버틸 수 있을진 미지수였다. 위험을 감수하고서라도 인적이 있는 곳을 찾아가 문을 두드린다든지, 직접 사냥하고 불을 피워 가면서 버틴다든지, 뭔가 방법을 찾는 수밖에.

"어떻게든 해 봐야죠."

"좀비들이 어디서 튀어나올지 모르니까 조심하고."

"그건 걱정 말아요, 말코! 이래 봬도 우리, 좀비를 꽤 잘 다룬다고요."

도나가 헤헤 웃으며 끼어들자 말코가 피식하며 말했다.

"그래. 행운을 빈다."

"어쩐지 걱정보다는 안도하는 거 같은 표정인데요?"

"당연하지. 골칫덩이들이 떨어져 나가는데. 자, 빨리빨리들 가. 어서. 나도 이제 좀, 두 다리 뻗고 쉬어야겠다."

피곤하다는 듯 과장된 말투로 말코가 너스레를 떨었다. 이기는 이기 일행이 갑작스럽게 떠난 것을 두고 오아나가 말코를 채근할까 봐 염려스러웠지만, 그 때문에 해변에 남아 있을 순 없는 노릇이었다.

"말코도 행운을 빌어요."

이기가 나직이 작별 인사를 하자 도나도 장난기를 거두고 말코를 향해 말했다.

"우리 정말 가요. 푹 쉬면서 몸조리 잘해요, 말코."

"아무렴, 푹 쉬어야지. 내 갈비뼈는 소중하니까."

이번엔 눈이 인사할 차례였다. 말코에게 다가간 눈은 볼쏙 손을 내밀었다. 말코가 손을 내밀어 둘의 손이 겹치자, 눈의 얼굴에 깃든 평온함이 말코에게로 스며들었다. 몇 초나 지났을까. 말코가 감탄하며 말했다.

"진짜 기적을 경험하게 해 줘서 고마워, 눈."

말코가 무장해제 된 듯한 웃음을 터뜨렸다. 따라 웃을 수밖에 없는 웃음이었다. 이런 웃음이야말로 바이러스보다도 전염성이 강한 법이다. 이기는 이 웃음을 소중히 간직하리라 다짐했다. 훗날 힘든 일이 있을 때 떠올려야지. 아무런 연고 없이도 우릴 도와주었던 이방인의 웃음을.

하지만 그 순간 이기의 귀에 들려온 것은 그런 웃음소리 따위 죄 파묻어 주겠다는 듯한 뒤틀린 오토바이 소리였다.

천국과 지옥

“말코, 날 배신한 거야?”

몇 걸음 떨어진 자리에 거칠게 오토바이를 멈추어 선 오아나가 말코를 노려보며 물었다.

“아니야, 오아나! 나는 단지….”

“말코는 우리의 청을 들어줬을 뿐이에요. 부탁할게요, 오아나. 우릴 보내 줘요.”

이기가 나서자 오아나가 이기를 향해 시선을 옮겼다. 머리 위로 떨어지는 햇빛 때문일까. 오아나의 눈동자가 붉게 일렁였다.

“난 너희를 붙잡아 둔 적 없어. 우리에게 시간이 조금 필요했을 뿐이지.”

오아나가 오토바이에서 내려서며 말을 이었다.

"너희는 훌륭한 사냥꾼이 될 거야. 저 바닷속에서 살아 나왔다는 건 너희가 선택받은 아이들이라는 뜻이니까. 내가 하늘의 선택으로 나의 지옥에서 탈출해 살아남았듯 너희 셋도 그렇게 살아남은 거야. 그걸 깨닫지 못한 것 같아서 얼마나 안타까웠는지 아니? 너흰 다만 시간이 필요할 뿐이야. 은총이 내린 열매에 적응할 시간 말이야."

이 무슨 궤변이란 말인가. 하지만 오아나는 자신의 논리가 퍽 마음에 든 듯 만면에 미소를 띠고 덧붙였다.

"알겠니? 진정한 아나인이 되는 건 그저 시간문제라는 걸."

"웃기지 마요! 우린 아나인이 될 생각 따위 추호도 없으니까!"

도나가 더는 못 들어 주겠다는 듯이 소리쳤다.

"…어째서지?"

오아나는 도나의 말을 도무지 이해하지 못하는 것처럼 보였다.

"네 녀석은 아나수도 충분히 맛보았잖아. 그날 얼마나 편안히 잤는지 기억 못 할 리가 없는데."

"그건… 그랬지만…."

도나가 어물거렸다. 그날 밤이 떠오른 거겠지. 이기는 세상모르고 곤히 잠든 도나의 모습을 떠올렸다. 그 모습을 지켜보며, 나도 이렇게 태평하게 잠들 수 있다면 얼마나 좋을까 하고 생각한 순간까지도.

"내가 너희를 보살펴 준 게 축복이라는 사실을 왜 몰라? 세상 밖이 얼마나 위험한지 아니? 알 리가 없지, 알 리가 없어. 내 말 잘 들어. 이곳을 떠나는 순간 너희가 만나게 될 사람들은 아나인처럼 상냥하지 않을 거야. 세상에는 말이야. 아이들을 집어삼키려는 괴물 같은 어른들이 많거든. 아이들의 지옥을 자신의 천국으로 삼는 작자가 숱해 빠졌다고."

"그래서 오아나 당신이 우리를 보호해 주겠다는 거예요? 아나수를 먹여서 우리를 순종적으로 만든 다음에?"

도나가 다시 목소리에 힘을 주어 따졌다. 눈을 내리깔고 도나를 쳐다보던 오아나는 역시 말이 통할 만한 상대는 이기밖에 없다는 듯 고개를 돌리고 말했다.

"자발적인 순종은 아름다운 거야. 모든 욕구가 사라지면 하늘에 순종하는 일만이 남지."

이기는 오아나의 시선을 마주하며 생각했다. 하늘이 아니라 오아나 당신에게 순종하는 거겠지. 보드 위 한쪽 발에 무게를 실으며 이기가 말했다.

"무슨 말을 해도 소용없어요. 우린 떠날 거예요."

"막… 막기만 해 봐요! 이 도나 님의 채찍 맛을 보여 줄 테니까."

오아나가 몰고 온 오토바이 본체에 걸린 망치를 힐끔하며 도나가 으름장을 놓았다. 그런데 어쩐지 오아나는 사뭇 여유로운 표정을 짓고 있었다.

"난 너희를 해치지 않아. 하지만 나는…."

여유로운 표정에서 느껴지는 이 싸한 느낌을 어떻게 설명해야 할까. 눈이 이기의 옆에 찰싹 달라붙었다. 눈 역시 이기와 비슷한 기분을 느낀 것 같았다.

"말코를 해칠 수 있지."

"그게 무슨…."

이기와 도나, 눈이 동시에 말코의 표정을 살폈다. 말코는 고개를 떨구고 아무 말도 하지 않았다.

"나에겐 말코를 해칠 수 있는 힘이 있어. 믿지 못하겠다면 보여 줄 수도 있지. 어디 한번 떠나 보라고. 내가 어떻게 말코를 해치는지 보여 줄게. 그래도 괜찮겠니?"

"사람이 어떻게 그래요? 어떻게 말코 앞에서 태연하게 그런 말을 해요?"

도나가 화를 냈다. 말코가 화내지 않으니 대신 화를 내 준 것이다. 말코는 고개를 숙인 채 가만히 서 있었다. 덥수룩한 앞머리가 눈을 가려 어떤 눈빛을 하고 있는지 보이지 않았다. 그러나 보지 않아도 알 수 있었다. 말코의 눈동자엔 분노도 슬픔도 없을 것이다. 자신을 조종하고 상처 주고 해하려는 사람에게 영원한 순정을 맹세한 사람. 말코는 사랑을 위해 기꺼이 어리석게 굴 사람이었다.

"말코, 우리랑 같이 가요."

이기가 조용히 제안했다. 도나처럼 오아나에게 화가 나고, 말코의 반응도 답답해서 미칠 지경이었지만 일단 감정을 추스르고 이 상황을 해결해야 했다. 말코가 스스로 자신을 구할 의지가 없다고 해서 못 본 척 내버려두고 갈 수는 없는 노릇이었다.

"오아나는 끝까지 말코를 이용하기만 할 거예요. 여기서 그만해요. 오아나의 해변을 떠나서 새롭게 시작해요, 말코."

"나는…."

말코가 천천히 고개를 들었다.

"나는 오아나를 떠날 수 없어."

자신을 향한 다짐처럼, 말코가 중얼거렸다.

"말코!"

도나가 안타까움이 담긴 분통을 터뜨렸다.

"봐 봐. 자발적인 순종이 얼마나 강한 힘을 발휘하는지. 나는 순종하는 사람들을 사랑해. 순종하는 이들에겐 내 사랑을 아낌없이 다 줄 거야."

이기의 턱에 힘이 들어갔다.

"웃기지 마. 당신은 누구도 사랑할 수 없는 사람이야."

이기가 정곡을 찌른 것일까. 오아나는 아무런 대꾸도 하지 못하고 빤히 이기를 쳐다보았다. 그때 뚜벅뚜벅, 찰나의 적막을 깨고 이기에게 다가온 사람은 말코였다. 말코는 이기의 어깨에 손을 얹으며 낮은 목소리로 말했다.

"걱정하지 말고 어서 가, 이기. 오아나가 말은 저렇게 해도 진짜로 날 어떻게 하지는 못할 거야."

"하지만…."

말코의 어깨 너머로 오아나의 가시 돋친 목소리가 울렸다.

"말코, 내가 어디까지 할 수 있는지 시험하려 들지 마."

"오아나, 제발. 좀비 사냥은 우리 둘로도 충분하잖아. 내가 더 열심히 사냥할게. 더 많은 좀비를 잡아서 너에게 바칠게. 그러니 이 애들은 보내 주자, 제발."

"시끄러워!"

홱 돌아선 오아나가 망치를 꺼내 들었다.

"언제부터 이렇게 말이 많았지, 말코? 도대체 충분하긴 뭐가 충분하다는 거야! 사냥꾼은 많으면 많을수록 좋아! 우리가 죽여야 할 좀비들이! 냄새나고 추악한 좀비들이…!"

흥분한 오아나의 눈빛이 잠깐 달라진 걸 느낀 사람은 이기만

이 아니었다.

"사방 천지에 깔렸는데…?"

오아나의 말끝이 돌연 올라갔다. 무슨 일이지? 이기 일행과 말코는 오아나의 시선이 고정된 곳을 향해 몸을 돌렸다.

"저것들이 어떻게…."

오아나가 놀랄 만도 했다. 조금 전까지만 해도 휑하기 그지없던 8차선 도로 저 끝에서부터 그 수가 족히 백은 넘을 듯한 좀비들이 맹렬한 속도로 달려오고 있었기 때문이다. 분명 눈의 존재를 느끼고 몰려오는 것이리라.

"어떻게…. 아니, 왜…?"

각성한 좀비를 처음 보는 오아나는 망치를 단단히 쥐며 이를 갈았다.

"이기, 저기 좀 봐."

그때 도나가 속삭였다. 마침 이기도 좀비 떼 뒤를 따라붙은 거대한 화물 트럭의 움직임을 눈으로 좇고 있던 참이었다.

"저기 위에… 사람이지?"

도나가 검지손가락으로 직사각형 모양의 화물칸 위를 가리켰다.

"저 사람… 활을 겨누고 있어!"

과연 도나의 말대로였다. 달리는 차 위에 몸을 곧추세운 사람이 활시위를 팽팽히 잡아당기고 있었다.

"쏜다! 쐈어!"

이윽고 도합 다섯 개의 화살이 날아올라 앞서 달리던 좀비 다섯의 몸통을 정확히 꿰뚫었다. 그 광경을 지켜본 오아나의 눈동자에 다시 붉은 불꽃이 튀었다.

"저 녀석, 제법인데."

오아나가 망치를 든 손목을 이리저리 꺾으며 씩 웃었다. 새로운 좀비사냥꾼의 등장에 신이 난 듯한 표정이 섬뜩하기 이를 데 없었다.

"어떡하지, 이기?"

도나가 채찍을 챙겨 들며 물었다. 이기는 얼른 눈을 안아 올리며 대답했다.

"일단은 방어하면서 버티다가, 틈이 보일 때 도망가자. 다들 싸우느라 정신없는 순간이 생길 테니까."

이기는 눈을 등에 업고 보드를 굴렸다.

"꼭 붙잡아, 눈. 이제 우린 한 몸처럼 움직여야 해."

대답을 듣자고 한 말은 아니었다. 그런데 그 순간 머리 뒤에서 눈의 팔이 쭉 뻗어 나오더니, 병아리가 목을 빼듯 흰 달걀 같은 주먹에서 엄지손가락이 쏙 튀어나왔다. 짧은 손가락의 기세가 어찌나 당찬지 좀비 떼를 향해 뛰어드는 와중에도 하릴없이 웃음이

새어 나왔다.

"이기! 좀 천천히 가!"

도나가 쫓아오며 외쳤다. 하지만 속도를 줄일 순 없었다. 미안하지만 도나, 더 힘내서 뒤쫓아 와 줘야겠어. 이기는 더욱더 보드에 박차를 가했다. 그러다 마침내 원하는 속도에 이르렀을 때 보드 위에 한쪽 무릎을 꿇고 앉았다. 이제 해야 할 것은 보드 끝을 잡고 회전시키는 일이었다. 휙휙. 보드가 돌아갔다. 이기는 날카로운 팽이처럼 매섭게 돌며 좀비들 사이를 뚫고 지나갔다. 보드가 회전하며 전진할 때마다 수십의 좀비가 사방으로 튕겨 나갔다. 마치 보드를 중심으로 커다란 구멍이 뚫린 듯했다. 물론 안심할 순 없었다. 넘어진 좀비들은 바로 몸을 일으키고 눈을 향해 그르렁거렸다. 곧 다시 덤벼들 터였다.

"어딜!"

이기와 눈의 주변으로 도나의 채찍이 이리저리 휘날렸다. 철썩철썩 땅에 부딪힌 채찍은 파도처럼 굽이지며 이기와 눈의 보호막이 되어 주었다. 그 광경을 지켜본 오아나가 망치를 휘두르며 환호성을 질렀다.

"거봐! 얘네 솜씨 좋잖아! 사냥꾼으로 딱이라니까!"

말코에게 하는 말인지 자기에게 하는 말인지 알 수 없는 말투. 신명이 난 듯하면서도 괴음에 가까운 소리를 뿜는 오아나의 모습은 무자비한 광인과 다를 바 없이 보였지만, 좀비들을 향해 휘두르는 오아나의 망치 실력은 뜻밖에도 불타오르는 의지에 비해 너무나도 형편없었다. 저러다 당하겠어. 요령도 없고 힘도 부족한 주제에 무턱대고 날뛰고 있잖아. 아니나 다를까, 좀비들이 점점 오아나에게 몰려들고 있었다.

알 게 뭐야. 그동안 좀비들을 못살게 굴었으니 이제 좀비들에게 당할 때도 됐지. 내가 지금 오아나까지 신경 쓸 때야? 이기는 눈을 안고 몸을 일으켰다. 좀비들이 오아나에게 몰려든 순간이야말로 도망치기 딱 좋은 절호의 기회가 아닌가. 게다가 저편 화물 트럭 위 정체 모를 인물이 지치지 않고 화살을 쏴 주는 덕에 여기저기 나가떨어지는 좀비도 꽤 있었다. 충분히 빈틈을 노려 볼 만했다.

"도나! 지금이야!"

이기의 말을 들은 도나가 제꺽 채찍을 멈췄다. 이기는 눈과 보드를 품에 안은 채 화살에 맞은 좀비들이 쓰러진 뒤 생겨난 공간을 징검다리 건너듯 달렸다. 그런데 그 순간 오아나의 광기 어린 목소리가 이기의 뒤통수에 꽂혔다.

"이기! 네가 있어야 할 곳은 나의 해변이야!"

내가 있어야 할 곳은 내가 정해. 이기의 생각에 동의라도 하는 듯 눈이 이기의 목을 꼭 감싸안았다. 뒤따라오던 도나가 갑자기

비명을 지르지만 않았어도 이기는 계속 달렸을 것이다. 자신이 가기로 정한 곳, 서쪽 고허를 향해. 그때였다.

"안 돼! 말코!"

도나의 외침에 놀란 이기가 걸음을 멈추고 뒤를 돌아본 순간, 머리 큰 좀비 하나가 오아나에게서 뺏어 든 망치로 말코의 등을 강타했다. 순식간에 벌어진 일이었다.

"말코…!"

이기는 정신없이 말코를 향해 뛰어갔다.

"말코!"

재차 망치를 쳐든 좀비를 향해 도나가 재빨리 채찍을 날렸다. 하지만 좀비를 쓰러트린 건 도나의 채찍이 아닌 화물 트럭에서 날아온 화살이었다.

"말코! 괜찮아요?"

말코는 가슴을 부여잡고 신음했다. 망치로 등을 얻어맞는 통에 갈비뼈 통증이 더욱 심해진 듯했다.

"말코가… 오아나를 구하려다 당했어…."

도나가 울먹였다. 이기는 말코 얼굴에 드리운 그림자의 주인을 향해 천천히 고개를 들었다. 오아나는 알 수 없는 표정으로 숨을 몰아쉬었다.

"그러게 싸움도 잘 못하면서 왜 좀비들을 자극하고 그래요! 말코는 이미 다친 몸이란 말이에요! 당신이 시킨 대로 좀비들을 사냥하다가 다쳤다고! 그런데 또….”

오아나의 눈동자에 비친 말코의 모습이 흔들렸다. 하지만 오아나가 무슨 생각을 하는지는 전혀 알 수 없었다. 오아나는 아름다운 눈동자를 방패 삼아 자신의 감정을 숨기고 있었다.

“호들갑 떨지 마. 말코는 안 죽어.”

멀거니 선 채로 오아나가 중얼거렸다.

“말코가 좀비 따위에게 당해서 죽을 리 없잖아? 말코는 내가 죽으라고 하면 그때 죽을 거야.”

떨리는 목소리였다.

“그렇지, 말코? 그렇지?”

오아나의 머리카락이 저물어 가는 황금빛 햇살을 뒤집어쓰고 찬란히 빛났다. 처음 만났을 때처럼 눈부신 모습이었지만 이기는 더 이상 오아나의 아름다움에 감탄하지 않았다. 감탄은커녕 이제는 그 아름다움으로부터 멀리 떨어져 있고만 싶었다.

“나 안 죽어, 오아나. 너만 두고 내가 어딜 가.”

이기와 달리, 말코는 여전히 오아나의 곁에 있길 원했다.

“말코, 지금 이 상황에 그런 말이 나와요? 무리해서 말하지 말아요.”

도나의 만류에도 말코는 기어이 몸을 일으켰다. 자신의 마음을 보여 주기에 말만으로는 부족하다고 생각한 듯했다. 눈이 말코의 손을 잡으려 했지만 말코는 그마저도 거절했다.

"그럼 그렇지. 말코가 날 두고 죽을 리 없지."

오아나는 그제야 만족스러운 표정을 지으며 말코의 곁에 무릎을 꿇고 앉았다.

"우리가 어떤 세월을 함께했는데…."

말코의 가슴 위에 올린 오아나의 손이 떨렸다. 말코는 말없이 그 손을 움켜쥐었다. 마치 오아나가 스스로 만든 결계(結界) 속으로 기꺼이 들어간 듯 보이는 말코의 모습에 이기는 안타까움을 느꼈다. 말코가 그 결계를 벗어나는 길은 오직 오아나가 그리하라 허할 때일 것이다.

그때, 오아나의 뒤편에서 이기 일행을 향해 달려오던 좀비의 명치에 화살이 날아가 꽂혔다. 그러잖아도 이기가 예의 그 움직임을 주시하던 좀비였다. 도나도 주위를 살피고 있기는 마찬가지였기에 둘은 서로 눈을 마주치고 안도의 한숨을 내쉬었다. 한편 오아나는 주위에서 무슨 일이 일어나는지 신경도 안 쓰고 말코에게 집중했다.

"우리가 함께한 시간은 아무도 이해하지 못해, 말코. 이 세상에서 날 이해해 주는 사람은 너밖에 없어. 널 이해해 주는 사람도 나뿐이고. 알지?"

말코가 고개를 끄덕이자 오아나의 눈동자가 말코의 충정에 감동한 듯 물기 어린 빛으로 일렁였다.

"착한 나의 말코, 나의… 헉!"

오아나의 외마디 비명. 안도한 지 몇 초나 지났다고, 갑자기 누구도 예상하지 못한 상황이 벌어졌다. 조금 전 쓰러졌던 좀비가 자기 명치에 꽂힌 화살을 뽑아 들고 덤빈 것이다. 좀비의 피가 묻은 화살은 그대로 오아나의 등에 박혔다. 온 힘을 다해 화살을 내리꽂은 좀비는 그대로 풀썩 쓰러져 버렸다.

이기 일행이 눈으로 보고도 못 믿겠다는 듯 방금 일어난 일에 어떤 반응도 하지 못하고 얼음처럼 굳어 있을 때, 말코의 목소리가 송곳처럼 날아와 얼어붙은 시공간을 부수어 버렸다.

"오아나!"

"아… 이럴 수가…."

말코의 품에 쓰러진 오아나가 힘겹게 입술을 달싹였다.

"나는 하늘의 뜻을 따랐을 뿐인데, 왜…. 기적을 베풀고, 하늘의 실수를 수습하고, 내가 얼마나 열심히 했는데…."

입술 사이로 피를 흘리면서도 오아나는 좀비들을 향한 증오를 삭이지 못했다.

"그런데 왜 저것들이 세진 거지? 하늘은 왜 좀비들에게 힘을 주신 거지? 왜?"

"오아나…."

말코는 덜덜거리는 손으로 오아나의 심장을 관통한 화살을 속절없이 더듬었다. 오아나가 화살을 내려다보며 물었다.

"말코… 나 지옥으로 가게 될까?"

버겁게 숨을 몰아쉬면서도, 오아나는 다음 질문을 이어 갔다.

"나는 죽어서도… 내 손으로 지옥을 만들까?"

"오아나…."

"그래도 말코는 나한테 와 줄 거지? 내가 어디에 있든…."

오아나가 흐느끼는 말코를 향해 희미한 미소를 지어 보였다. 말코는 망설임 없이 대답했다.

"네가 없는 곳이 나한텐 지옥이야."

오아나의 얼굴에 옅은 미소가 드리웠다. 힘이 다 빠진 처연한 미소 속에 한평생 아무도 모르게 숨겨 두었던 애틋한 순정이 얼핏 드러났다.

"그렇게 말할 줄 알았어…. 고마워…."

일그러지지 않았다면 얼마나 좋았을까. 어릴 적 말코에게 느꼈던 순수한 감정을 기어코 지켜 왔다면. 하지만 오아나는 곁에 있는 사랑보다 실체 없는 은총과 기적에 기댔다. 증오를 땔감으로 삼아 사는 삶을 택했다.

"말코…. 사실은 말이야."

죽음이 눈앞에 다가왔음을 느낀 걸까. 시간이 얼마 남지 않았다는 듯, 오아나가 말코의 팔뚝을 꼭 쥐고 말했다.

"나는… 천국도 지옥도… 믿지 않아. 이 세상만으로도 충분히 힘들었는데, 다음 세상이 있다는 거…. 그거 너무 끔찍하지 않아? 하늘이 그렇게 잔인할 리가 없어."

띄엄띄엄 말을 잇는 동안 오아나의 얼굴이 점점 평온해졌다. 이기는 오아나의 죽음을 어떻게 받아들여야 할지 몰라 혼란스러운 마음으로 곁을 지켰다. 모든 것을 내려놓은 듯한 표정이라니, 오아나와 정말 어울리지 않는 표정 같았다. 하지만 한편으로는, 어쩌면 내려놓음이야말로 오아나에게 정말 필요했던 것이 아닐까 하는 생각이 들었다. 생의 끝에 와서야 비로소 평온에 이르렀다는 사실이 안타까울 따름이었다.

"그러니…."

오아나의 숨소리가 잦아들었다.

"말코는 이제 떠나도 돼."

결계를 거두는 명(命). 오아나는 그렇게 마지막 말을 남기고 눈을 감았다.

"오아나…!"

말코가 절규했다.

"오아나!"

가늠할 수 없는 슬픔이 말코의 몸에서 쏟아지는 것 같았다. 말코는 남은 갈비뼈가 모조리 부서질 듯이 포효했다. 사람의 입에서 그렇게나 짐승 같은 울부짖음이 터져 나올 수 있다는 사실을 이기는 처음 알았다. 그리고 그런 울음은 그저 그칠 때까지 기다려 줄 수밖에 없다는 것도.

화물 트럭 위에서 날아온 화살이 주변 좀비들을 깡그리 쓰러트렸다는 사실을 깨달은 건 말코의 포효가 조금 잦아든 뒤였다.

순혈인

"눈!"

저편 멈추어 선 화물 트럭, 검은 머리를 땋아 내린 여자가 운전석에서 내리며 소리쳤다.

"세상에…. 눈! 드디어 찾았구나."

여자는 감정이 복받친 듯 두 손으로 입을 막으며 눈을 향해 달려왔다. 누구지? 설마…? 낯선 이의 등장에 이기는 본능적으로 눈의 어깨를 감싸며 경계하는 태도를 취했지만, 얼마 안 가 눈은 상대를 낯설어하지 않는다는 사실을 깨달았다.

"눈…."

정신없이 달려와 털썩 주저앉은 여자는 와락 눈을 껴안고 흐

느꼈다. 갈색으로 그을린 여자의 단단한 팔뚝에 몸을 맡긴 눈은 어쩐지 기뻐한다기보다 안심하는 듯이 보였다. 이기는 여자의 외양을 찬찬히 훑어보았다. 짙은 눈썹과 검은 눈동자, 다소 뭉툭한 코와 얇은 입술. 그리고 양미간과 입가에 날카롭게 패인 주름까지. 개성적인 이목구비에 주름이 더해진 여자의 얼굴에서 왠지 모를 고집스러움이 느껴졌다.

"어디 다친 덴 없니? 밥은 잘 먹고 다녔고?"

여자가 눈의 얼굴을 쓰다듬으며 울먹이자 눈도 여자의 얼굴을 어루만져 주었다. 서로 쓰다듬고 있는데도 상대를 달래 주는 쪽은 어쩐지 여자가 아니라 눈인 듯했다.

"도대체 어디로 사라졌던 거야. 미안해. 정말 미안해. 내가 그 열매를 먹는 게 아니었는데…."

눈과 함께 열매를 먹은 사람이라면…. 이 사람이 눈의 엄마인 걸까? 겉모습만 봤을 땐 눈과 닮은 구석이 조금도 없는데. 그때 이기의 의문을 대신 입 밖으로 꺼낸 사람은 도나였다.

"근데, 누구세요? 저희는 눈의 엄마를 찾고 있는데, 혹시…."

"눈? 너 설마 네 이름을 이 사람들에게 말한 거야?"

여자는 도나의 말에 대꾸하지 않은 채 놀란 표정으로 눈을 쳐다보며 물었다. 눈이 고개를 끄덕이자 여자는 그제야 도나와 눈을 맞추며 말했다.

"눈이 당신들을 신뢰하는군요. 그럼 나도 당신들을 못 믿을 이유는 없죠."

그런 거였나. 눈이 또박또박 자기 이름을 강조할 때마다 그저 귀엽게만 여겼는데, 우리에게 자기 존재를 분명히 알린 이유가 우리를 믿어서였다니. 이기는 새삼 애틋한 마음으로 눈을 내려다보았다.

여자는 자리에서 일어나 자신을 소개했다.

"나는 눈의 공동 양육자 중 한 명인 마란이에요. 하계의 기지에서 왔죠."

"하계의 기지요?"

"아마 당신들은 서쪽 고허라고 부르겠지요."

"그럼 눈도…."

"맞아요. 눈은 하계의 기지에서 태어난 아이예요. 나는 피치 못할 사정으로 눈을 데리고 하계의 기지를 떠나야 했어요. 정처 없이 떠돌던 중에 이 근처 해변에 다다랐는데… 그곳에서 이상한 열매를 먹고 잠들고 말았죠. 그런데 일어나 보니 눈이…."

"사라졌다고요?"

이기가 미심쩍은 표정으로 물었다.

"감쪽같이 사라졌어요. 그러니 내가 얼마나 놀랐겠어요. 눈, 도대체 어디로 갔던 거니?"

"눈은 기억하지 못해요. 열매를 먹고 잠들었다는 것 외에는…."

"맙소사. 그럼 우리가 잠든 사이 누가 눈을 납치해서 배에 태운 걸까요? 도대체 누가 그런 짓을…."

인상을 잔뜩 찡그린 마란은 눈의 어깨에 얹은 손에 힘을 주고는 이어 말했다.

"역시… 그 해변에 있던 사람들이 한 짓인가."

그때 뒤편에서 낮은 목소리가 들려왔다.

"아나인들은…."

말코였다. 오아나의 시신을 앞에 두고 무릎을 꿇은 채, 말코는 뒤도 돌아보지 않고 말을 이었다.

"그런 짓을 하지 않았습니다."

"그걸 어떻게 믿죠?"

마란이 양미간에 진한 꾸김살을 만들며 물었다.

"아나인들이 진멸인을 발견했다면 그냥 고이 배에 실어 보내진 않았을 테니까요."

말코가 가라앉은 목소리로 답했다.

"그건 말코 말이 맞아요. 오아나라면 분명…."

도나가 말하다 말고 힐끗 오아나의 시신을 내려다보더니 말끝을 흐렸다. 죽은 자에 대해 안 좋은 소릴 하기가 꺼려진 모양이었다. 이번엔 내가 나서야겠군. 이기가 한 발을 앞으로 내디디며 도나가 못다 한 말을 이었다.

"오아나는 좀비를 자극하는 진멸인을 가만두지 않았을 거예요."

"이들 말이 진짜니, 눈?"

조금 전에 이기 일행을 믿겠다고 한 사람치고는 너무도 의심 가득한 얼굴이었다. 잠자코 고개를 끄덕여 보인 눈이 아니었다면 마란은 아나인들을 향한 의심을 떨치지 않았을 것이다.

"그럼 자초지종을 알긴 힘들겠군요. 하지만 이젠 상관없어요. 눈을 찾았으니까. 눈, 우리 어서 하계의 기지로 돌아가자. 기지에서 다들 기다리고 있어. 원도, 선도."

집으로 돌아간다는 말에 이렇듯 무덤덤한 아이가 또 있을까. 공동 양육자라는 말이 정확히 무엇을 뜻하는지는 모르겠지만, 마침내 엄마와 만난 눈의 반응은 선뜻 이해가 가지 않는 면이 있었다. 마치 달리 선택지가 없어 담담히 구는 것 같달까.

그런데 그때 마란이 서두르는 기색으로 자리에서 일어섰다.

"어찌 된 사정인지는 몰라도 그동안 눈을 돌보아 주셔서 고맙습니다. 이제 집으로 데리고 갈게요."

"네? 지, 지금이요?"

도나가 당황해서 말을 더듬었다.

"안 될 이유가 있나요?"

마란이 눈의 팔을 부여잡고 말했다.

"안 되는 게 아니라 너무 갑작스러워서…."

단박에 울상이 된 도나가 어쩔 줄을 몰라 눈을 향해 다가서자 마란이 눈의 앞을 막으며 물었다.

"혹시 눈을 돌보아 준 보상을 원하시는 건가요?"

"그럴 리가… 그런 말이 아니잖아요!"

"그럼 뭐가 문제죠?"

그때였다. 시종 순순하던 눈이 자기 앞을 막아선 마란의 몸을 피해 걸어 나왔다.

"눈…."

도나가 울먹이며 눈의 이름을 불렀다. 눈은 걱정하지 말라는 듯 도나의 손을 꼭 붙잡고는 이기를 향해 다른 한 팔을 뻗었다.

"눈…."

이기의 입술 사이에서도 눈의 이름이 절로 새어 나왔다. 그러자 눈이 이기의 손을 더욱 꼭 쥐었다. 익숙한 눈의 온기에 괜스레 콧잔등이 시큰해졌다.

"눈, 어서 가자니까."

마란의 재촉에 눈이 고개를 저었다. 단호한 고갯짓이었다.

"뭐 하는 거야. 집으로 가야지. 다들 얼마나 걱정하고 있는데."

마란이 한 발을 앞으로 딛자 눈이 한 발 뒤로 물러섰다. 마란은 믿을 수 없다는 표정으로 눈에게 물었다.

"설마 이 사람들이랑 계속 함께하겠다는 거니?"

"이기와 도나도 함께 데려가십시오."

말코의 묵직한 목소리에 모두의 시선이 한곳으로 쏠렸다. 말코는 우뚝 자리에서 일어나 등을 보인 채 이어 말했다.

"눈을 위해 살던 곳에서 목숨을 걸고 탈출한 아이들입니다. 얼마나 걸릴지, 얼마나 위험할지 알지도 못하면서 눈을 집에 데려다주겠다고 길을 떠난 아이들이란 말입니다. 조금이라도 감사하는 마음이 있다면 하계의 기지인지 서쪽 고허인지, 당신이 사는 곳으로 데리고 가서 보살펴 주세요. 그게 눈을 위해서도 좋을 겁니다."

"하지만…."

뭔가 마음에 걸리는 게 있는 듯이 망설이던 마란은 여전히 고집스럽게 이기와 도나의 손을 붙들고 서서 자신을 맞대하는 눈을 쳐다보고는 한숨을 내쉬었다.

"좋아요. 당장 갈 곳이 마땅치 않다면 하는 수 없죠. 하지만 이 아이들을 우리가 사는 곳까지 데리고 갈 순 있어도 그곳에서 머물 수 있을지 없을지는 내가 결정하는 게 아니에요. 하계의 허락을 받아야 하죠. 그건 너도 잘 알고 있지, 눈?"

고개를 끄덕인 눈은 바로 이기를 올려다보았다. 이기가 물었다.

“눈, 정말 우리랑 같이 가고 싶어?”

눈이 대답 대신 방실 웃어 보이자 도나가 두 손으로 눈의 손을 꼭 쥐며 외쳤다.

“나도! 나도 눈 너랑 같이 가고 싶어.”

“그래. 그럼 우리 함께 가자.”

이기가 안도의 한숨을 내쉬었다. 그러잖아도 직접 눈을 집까지 바래다주어야 마음이 놓일 것 같은 참이었는데 눈이 함께 가주길 원하니 얼마나 다행인가 싶었다. 사실 이기는 아까부터 마음에 걸리는 것이 하나 있었다. 눈이 마란을 경계하거나 싫어하는 것 같지는 않지만 마란이 뭔가 숨기고 있다는 생각을 떨칠 수가 없었던 것이다.

“그럼 여기서 이만 헤어질까.”

어느새 오아나의 시신을 안아 올린 말코가 이기를 향해 돌아섰다. 눈에 띄게 엉망이 된, 노쇠해 보이기까지 하는 얼굴. 오아나가 죽은 뒤의 시간이 말코에게는 영겁처럼 느껴진 듯했다.

“말코… 우리랑 같이 가요.”

도나가 안타까운 표정으로 말했다.

“나는 오아나의 곁을 떠날 수 없어. 오아나를 바다에 떠나보내고 나도 해변에 남을 거야. 오아나 곁에서, 바다 옆에서 지낼 거야."

이기는 가만히 고개를 끄덕였다. 지금 말코에겐 그 어떤 말도 통하지 않을 것이다. 말코의 얼굴이, 그의 눈빛이 말하고 있었다. 사랑하는 사람을 잃은 사람은 반드시 자기만의 애도할 시간이 필요하다는 것을.

말코가 저벅저벅 지평선을 향해 걸어 나갔다. 그 쓸쓸한 뒷모습에 누구도, 어떤 말도 얹지 못했다. 다만 산 자의 안녕을 바랄 뿐이었다.

◆◆◆

"인사해. 여긴 노지야."

좀비들이 널브러진 도로를 지나 이기 일행이 트럭 앞에 다다르자, 마란이 트럭에 기대어 선 소년을 가리키며 말했다. 어느새 말을 놓은 마란은 이기와 도나를 훨씬 가벼운 태도로 대하고 있었다.

"다들 아까 봤지? 트럭 위에서 활을 쏘던…."

내 또래 같아 보이네. 이기는 의외라는 표정으로 노지를 쳐다보았다. 활을 쏘던 기세 때문이었을까. 좀 전엔 분명 장정 같아 보였는데, 가까이에서 보니 엄청 앳되잖아. 어깨까지 내려오는 숱 친 검은 머리카락. 두껍고 검은 눈썹. 건조한 검은 눈동자. 날렵한 콧대를 제외하면 전체적으로 마란과 비슷한 분위기를 풍겼다.

"안녕?"

도나가 생글 웃으며 인사를 건넸다. 하지만 노지는 목에 두른 얇은 천을 턱끝으로 올리며 고개만 까닥해 보일 뿐이었다.

"난 도나, 여긴 이기. 앞으로 잘 부탁해."

"…무슨 부탁?"

반응은 다소 느리나 매력적인 목소리였다. 물론 예의는 없어 보였지만.

"어? 글쎄… 일단 서쪽 고허까지, 아니 하계의 기지까지 가는 길에 잘 좀 봐달라고 부탁해야겠지?"

도나가 어수룩한 척, 한 수 접고 들어가는 척 말했다. 노지는 도나를 빤히 쳐다보다가 곁눈질로 마란과 눈이 운전석에 오르는 걸 확인하고는 다시 도나를 향해 대꾸했다.

"그러지, 그럼."

휘익. 말을 마치자마자 화살통을 던져 올린 노지가 난데없이 트럭 화물칸 위로 훌쩍 뛰어올랐다. 그러고는 이기와 도나가 있는 아래로 손을 내밀며 말했다.

"올라오지? 우린 화물칸에 실려서 가야 할 것 같은데."

"어? 어…."

얼떨결에, 도나도 이기도 트럭에 올랐다.

"생각보다 넓고 편한데?"

도나가 히죽 웃으며 다리를 쭉 펴고 앉았다.

"좀비들을 차로 쳐 낼 때만 빼고는 괜찮을 거야."

"뭐?"

이기가 놀라 묻자 노지는 그렇게 놀란 표정을 짓는 이기가 이상하다는 듯이 쳐다보았다.

"눈이 타고 있잖아. 당연히 가는 길마다 좀비들이 달려들 테니 밀어 버릴 수밖에 없지. 그러려고 이 트럭을 몰고 나온 건데."

"그 방법밖에는… 다른 방법은 없는 거지?"

도나가 조심스레 끼어들자 노지가 마르고 각진 어깨를 으쓱해 보이며 말했다.

"글쎄. 순혈인들이 염원해 마지않는 순혈인 보호제가 개발된다면 모를까. 그전까진 순혈인을 지킬 다른 방법은 모르겠는데."

"순혈인?"

"너희는 진멸인이라고 부르겠지."

그때 트럭이 움직이기 시작했다. 크게 회전을 한 트럭이 지금껏 달려온 길을 반대로 달리기 시작하자, 동쪽에서 불어온 바람이 서쪽을 등지고 앉은 노지의 머리카락을 흩트렸다.

노지를 마주 보고 앉은 이기가 바람에 눈을 찌푸리며 물었다.

"호칭은 그렇다 치고, 순혈인 보호제는 또 뭔데?"

"말 그대로 순혈인들을 좀비로부터 보호하는 약물이야. 보호제를 맞으면 좀비들이 순혈인을 공격하지 않는 거지."

"뭐? 그게 가능해?"

화들짝 놀란 도나가 물었다.

"…불가능하지, 아직은."

"에이, 그럼 그렇지."

도나가 맥이 빠진다는 듯이 입술 사이로 바람을 내뿜었다. 이기는 더 할 말이 없다는 표정으로 목에 두른 천에 손을 가져다 대는 노지를 향해 재빨리 물었다.

"그런데 여기까진 어떻게 온 거야? 눈은 어떻게 찾아냈어?"

가장 먼저 확인해야 할 문제였다. 그 밖에도 하고 싶은 질문이 너무 많아서 머릿속으로 우선순위를 정해 놓아야 했다.

"전부터 좀비들 낌새가 좀 이상했어. 그래서 하계 박사님한테 정찰을 좀 다녀오겠다고 했지. 하계 박사님은 마란이랑 같이 가라고 했고. 그렇게 정찰을 나왔는데, 가면 갈수록 뭔가 더 이상했어. 좀비들이 뭔가 냄새를 맡은 듯이 우르르 몰려다니는 게, 아무래도 어딘가 진멸인이 있는 것 같았어. 기지 밖에선 진멸인을 본

적이 없는데 말이야. 분명 마란은 눈이 죽었다고 했고….”

“뭐? 마란이?”

“놀랄 것 없어.”

노지가 귀찮은 듯이 대꾸했다.

“난 길게 말하는 거 좋아하지 않지만, 괜히 불필요한 오해가 생길까 봐 설명해 주는 거니까 잘 들어.”

이기는 잠자코 고개를 끄덕였다.

“이게 다 하계 기지의 내부 사정이 좀 복잡해서 일어난 일이야. 애초에 마란은 선한 의도로 눈을 데리고 기지를 떠난 거였지만 도중에 눈을 잃어버리는 바람에 하계 박사님에게 둘러댈 얘기가 필요했던 거지. 그래서 눈이 먼저 기지를 탈출해 도망쳤고, 자신은 눈을 찾기 위해 나섰던 거라고 말한 거야. 뒤늦게 눈을 찾았지만 손을 쓰기엔 너무 멀리 있었다고, 눈은 이미 좀비들에게 무자비하게 공격당하고 있었다고 말이야. 그래서 다들 눈이 살아 있을 리 없다고 생각했지. 나도 정찰을 나와서 마란에게 진상을 듣기 전까진 눈이 죽은 줄로만 알았어. 마란은 울면서 내게 모든 사실을 털어놓았지. 사실 나도 눈을 딱하게 여긴 적이 있으니 눈을 기지 밖으로 데리고 나간 마란의 심정이 이해가 안 간 것도 아니고.”

“눈을 왜 딱하게 여겨?”

"눈이 특별한 능력을 지닌 건 이미 알고들 있겠지. 그런 능력을 가지고 있으면 탈이 많은 법이잖아."

역시 더 설명하기 귀찮다는 듯한 말투였다. 도나가 궁금해 미치겠다는 듯이 답답한 표정을 감추지 못하고 사정하듯 말했다.

"그러니까 그 능력이 어쨌다는… 좀 더 자세히 설명을…."

하지만 노지는 단호하게 화제를 돌렸다.

"아까 보니까 너희들 제법이던데? 보드도 그렇고, 채찍도 그렇고 그럭저럭 잘 다루는 것 같더라. 그 정도 실력이면, 어쩌면 하계 박사님이 받아 주실지도 몰라. 너희 장기를 제대로 선보인다면 말이야. 우리 같은 적맥인이 기지에서 지내려면 자기 능력을 증명해 내야 하거든."

"그래? 그렇게 증명해 낸 능력으로 뭘 하는데?"

이기가 물었다.

"순혈인들을 지키지."

노지가 덤덤히 말했다.

"눈 같은 사람들을 지킨다고? 와, 멋있다!"

노지의 말을 그야말로 순수하게 받아들인 도나가 손뼉이라도 칠 기세로 노지를 추켜세웠다. 하지만 도저히 도나처럼 순진하게만 반응할 수 없던 이기는 짐짓 목소리를 깔고 노지를 향해 물었다.

"순혈인들을 지키는 대가로 받는 게 뭔데?"

노지는 처음으로 이기에게 흥미가 생겼다는 듯이 눈을 가늘게 뜨고 이기를 쳐다보았다.

"이기라고 했나? 넌 하계의 기지에서 빠르게 적응하겠다."

그러더니 순식간에, 이제 정말로 모든 것이 귀찮아 죽겠다는 것처럼 표정을 바꾸며 말했다.

"뭐, 내가 말하지 않아도 어차피 곧 알게 될 거야."

더 이상의 질문은 사양이라는 듯한 말투였다. 노지는 뒤로 벌러덩 눕고는 목에 두른 천을 얼굴까지 끌어올렸다. 질문할 틈을 주지 않으려는 재빠른 몸놀림이었다.

"하계의 기지는 도대체 어떤 곳일까."

잠시 후 보랏빛이 흩어진 서쪽 하늘을 멀거니 응시하던 도나가 중얼거렸다.

"지금 이래저래 추측해 봤자 소용없어. 기지에 도착하는 대로 빠르게 상황을 파악해서 대처해야지."

칫. 도나가 무릎을 끌어안고 그 위에 턱을 괴었다. 이기는 눈을 감고 누워 있는 노지를 힐끔 쳐다보고는 토라진 도나에게 귀엣말을 했다.

"아까 기억나? 마란이 누군가 눈을 납치해서 배에 태운 것 같다고 했잖아."

"응. 그게 왜."

도나가 심드렁하게 물었다. 그렇게 무심하게 들을 이야기가 아니라고. 이기는 도나의 팔에 손을 올리며 목소리를 낮게 깔았다.

"마란이 그걸 어떻게 알았을까?"

"뭘 어떻게 알아?"

도나의 얼굴에 호기심이 인 것을 확인한 이기는 그제야 줄곧 홀로 품고 있던 의심을 도나에게 속닥속닥 풀어놓았다.

"눈이 우 씨 아저씨의 배에 올랐다는 걸 말이야. 그걸 어떻게 알았지? 아무도 배에 관한 얘기는 안 했는데."

도나의 팔에 오스스 소름이 돋아났다.

하계의 기지

마란의 거침없는 운전으로 수많은 좀비가 트럭에 부딪혀 나가떨어졌다. 눈을 무사히 이동시키기 위해선 달리 어쩔 도리가 없다는 것을 알면서도, 하계의 기지로 향하는 동안 이기는 내내 속이 불편했다. 이렇게 많은 좀비를 해치고 나서 내가 다시 좀비들을 몰이할 수 있을까. 아무 일도 없었다는 듯, 예전처럼 좀비몰이꾼 생활을 할 수 있을까. 이기는 여전히 좀비들에게 복잡한 감정을 느끼고 있었다.

"저기가 하계의 기지야."

노지가 거대한 강 한가운데 자리한 타원형의 섬을 가리켰다. 섬 위에 우뚝 선, 담쟁이로 뒤덮인 건물은 눈에 띄지 않으려야 않을 수 없었다. 테의 요새가 낮고 넓은 형태의 삭막하기 그지없는 곳이라면, 하계의 기지는 그와 정반대의 분위기를 자아냈다. 밀림 속에 난데없이 자리한 고층건물 같달까. 게다가 강가에서 섬을 향해 그르렁대는 수백의 좀비는 하계의 기지로 더욱 이목이 쏠리게 만들고 있었다.

"하계의 기지에 순혈인이 모여 살다 보니, 좀비들이 끊이질 않아."

노지의 설명에 이기는 가만히 고개를 끄덕이며 강물을 둥둥 떠다니는 좀비들의 시체에 시선을 두었다. 여기까지 오는 동안 빽빽한 숲을 뚫기도 하고 안개 자욱한 늪을 지나치기도 했다. 돌길에 황무지까지, 하계의 기지로 오는 길은 무척이나 험난했다. 워낙 사람이 살기 어려운 터라 인적조차 드문 곳곳에도 어김없이 나타나 그르렁대던 좀비들. 그중에서도 가장 예민하고 강한 녀석들만 하계의 기지에 도달할 수 있었을 테지. 그때, 제 성질을 다스리지 못하고 녹조 가득한 강물에 뛰어드는 좀비를 보며 도나가 안타까워했다.

"저, 저! 죽을 줄 뻔히 알면서도 물에 뛰어드네."

뒤에서 밀어 대는 바람에 강물에 빠져 허우적대는 좀비도 있었다. 한마디로 하계의 기지를 둘러싼 환경은 물비린내와 좀비들에게서 풍기는 악취에 더해 괴성과 발작이 난무하는 아수라장 그

자체였다. 아연실색한 도나가 노지에게 물었다.

"근데… 저 섬엔 어떻게 들어가?"

"보트로 오가기도 하는데, 오늘은 다리가 내려올 거야."

노지의 말이 끝나자마자 섬에서 천천히 커다란 다리가 내려왔다. 움직이기 전까진 기괴한 모양의 철탑인 줄로만 알았는데. 입을 다물지 못하고 다리가 내려오는 모습을 지켜보던 도나가 이기의 팔꿈치를 툭 건드리며 말했다.

"하계의 기지엔 똑똑한 사람들이 많나 봐. 저런 다리도 만들고."

이기는 잘 모르겠다는 의미로 어깨를 으쓱해 보였다. 그러자 노지가 이기 대신 대꾸했다.

"그야… 선택받은 순혈인만 모였으니까."

"선택? 무슨 선택?"

도나가 고개를 갸우뚱거리며 물었다.

"유혈년에 하계의 조상은 순혈인이 모여 살 곳으로 이 섬을 선택했어. 그리고 섬에 머무를 수 있는 사람을 신중히 골랐지. 자신과 같이 머리가 특수하게 비상한 사람들 위주로 말이야."

"그럼 선택받지 못한 다른 진멸인… 아니, 다른 순혈인들은 어떻게 됐어?"

도나의 질문에 이번엔 노지가 이기처럼 어깨를 으쓱해 보였다. 잘 모르겠다는 뜻인지, 굳이 말할 필요가 있냐는 뜻인지 아리송했다. 하지만 이기는 어쩐지 후자일 것 같다는 생각을 떨칠 수 없었다. 잘 알면서 왜 그래. 그 사람들이 어떻게 됐는지 그걸 꼭 내 입으로 설명해 줘야 알겠어? 노지는 이기의 생각이 맞다고 확인이라도 시켜 주려는 듯, 어깻짓 뒤로 말을 덧붙였다.

"어차피 우리도 모든 순혈인을 지켜 줄 순 없어."

그러곤 자리에서 벌떡 일어나 이기와 도나를 내려다보며 화제를 돌렸다.

"이제 너희 실력을 선보일 시간이야. 누군가를 지키려면 일단 힘이 있어야지."

노지의 말이 끝나기 무섭게 트럭이 다리를 향해 맹렬히 돌진했다. 다리가 땅에 내려앉는 타이밍에 맞추려는 것 같았다. 노지는 사방으로 튕겨 나가는 좀비들을 눈으로 좇으며 말했다.

"곧 트럭이 다리에 오를 거야. 그때 우리를 따라서 다리에 오른 좀비들을 처리하는 게 우리가 할 일이야. 좀비들이 섬에 들어가는 일은 절대 있어선 안 돼."

이기와 도나는 각자 보드와 채찍을 챙겨 들고 고개를 끄덕였다. 이윽고 다리가 땅에 닿자마자 트럭이 다리를 향해 질주했다. 동시에, 무서운 기세로 좀비들이 뒤따라 달려들었다.

"다리가 다시 올라가고 있어!"

도나가 소리쳤다. 이기는 황급히 좀비 수를 세었다. 트럭이 오른 순간 바로 다리를 들어 올렸음에도 총 열아홉의 좀비가 다리에 올랐다. 게다가 아직도 다리에 오르려고 무모하게 몸을 던지다 강물로 빠져 버리는 좀비가 속출하고 있었다.

노지가 씩 웃으며 말했다.

"저기 위에서 하계가 지켜보고 있을 거야! 잘들 해 보라고!"

이기는 바닥으로 점프하는 노지를 보며 살짝 당황했다. 다리가 한쪽으로 기운 터라 어떻게 대처해야 할지 고민이 되었다. 주무기인 보드를 활용하여 싸우기엔 너무도 불리한 상황이었다.

그때 도나가 양손으로 채찍의 가죽끈을 팽팽하게 잡아당기며 말했다.

"이기, 내가 도와줄게."

이기는 눈짓만으로도 도나가 무얼 하려는지 알아챘다. 좋아, 충분히 가능하겠어. 다리 위에 멈춰 선 트럭은 운전석이 섬을 향한 채 기울어져 있었다. 속도를 내기에 충분한 기울기였다. 해 보자고. 보드 위에 몸을 실은 이기가 화물칸 위에서 뛰어내렸다. 보드가 경사면을 빠르게 내달리고 있을 때,

"이기! 지금이야!"

도나의 채찍이 날아와 이기의 허리를 감쌌다. 이기는 한 손으로 보드를 잡고 채찍에 몸을 맡겼다. 이기를 가뿐히 들어 올린 도

나는 환호하며 팔을 휘둘렀다. 그렇게 포물선을 그리며 날아간 이기가 착지한 곳은 다리의 반대편, 높이 뻗은 끝 지점이었다.

“잘해 봐, 이기!”

이기가 바닥에 내려앉자마자 도나가 잽싸게 채찍을 풀어냈다. 보드가 다시 경사면을 미끄러져 내려갔다. 이기는 자기 앞을 가로막은 좀비의 허리를 한 팔로 휘감아 안은 채 트럭 옆을 스쳐 지나갔다.

“어이! 뭐 하는 거야! 그냥 물속으로 처넣어!”

노지가 이기를 향해 소리쳤다. 하지만 이기는 그럴 생각이 없었다. 도나도 마찬가지였다. 때마침 도나가 휘두른 채찍의 가죽 끈이 또다시 이기의 허리를 칭칭 감았다. 이기가 좀비를 껴안고 있다는 점만 다를 뿐, 조금 전과 똑같은 상황이었다. 역시 다시금, 도나가 반대편으로 팔을 휘두르자 이기와 좀비의 몸이 붕 떠올랐다. 다리 끝에 착지하기 전, 이기는 강변의 흙바닥을 향해 있는 힘껏 좀비를 던졌다. 좀비들 사이로 떨어진 녀석이 크아아악 괴성을 지르며 자리에서 벌떡 일어섰다. 제발, 다시 올라오지 말라고! 다리도 많이 올라간 상태라 이젠 제아무리 기를 쓴다 해도 매달리지조차 못하고 강물에 빠질 가능성이 훨씬 컸다.

“답답하네….”

이기는 활을 겨누며 혼잣말하는 노지의 목소리와 운전석에서 황당한 표정으로 자신을 쳐다보는 마란의 시선을 아랑곳하지 않은 채 다시 경사면을 미끄러져 내려갔다. 이렇게 언제까지고 반복할 생각이었다. 꼭 필요한 상황이 아니라면 좀비를 죽이고 싶지 않았다.

"그런 식으로 해서 언제 다 처리하려고!"

마란이 화를 내며 운전석에서 내렸다. 문이 열린 탓에 눈의 존재를 더욱 강하게 감지한 좀비들이 트럭을 향해 달려들자 마란은 능수능란하게 몸을 움직여 좀비들을 때려눕혔다. 마란은 주먹도 잘 썼지만 특히 발차기 솜씨가 남달랐다. 곧 마란이 휘두른 발에 맞은 좀비들이 사방으로 날아올랐다. 이기가 가까스로 그중 하나를 낚아채 좀 전과 같이 흙바닥에 떨구었으나 나머지 좀비는 모두 강물에 빠져 버리고 말았다. 그렇게 이기와 도나, 노지와 마란은 각자의 방식대로 싸웠다. 얼마 지나지 않아 다리에는 화살을 맞고 쓰러진 좀비만이 남게 되었다.

"너희, 이런 식으로 해서 하계의 기지에 머무를 수 있을 거 같아?"

마란이 쓰러진 좀비를 강물로 던지며 말했다. 노지는 아무 말 없이 좀비의 몸에서 화살을 빼내고 있었다.

"그럼요. 방금 우리 합이 정말 잘 맞지 않았어요?"

도나가 천연덕스럽게 대꾸하자, 노지가 피식 웃었다. 하지만 마란은 기가 찬다는 듯한 표정으로 도나와 이기를 노려볼 뿐이었다.

◆◆◆

하계 기지의 순혈인은 모두 똑같은 복장을 하고 있었다. 마란이나 노지의 복장과는 사뭇 달라서, 복장만으로도 적맥인과 순혈인을 쉬이 구별할 수 있었다. 허리를 덮는 흰색 상의와 같은 색의 바지. 별다른 치장 없이 단순하고 깔끔한 옷차림이지만 어딘지 모르게 조금 답답해 보였다. 이기 일행이 기지에 들어서자, 경직된 인상의 순혈인들은 애매한 미소를 지으며 길을 내주고는 차분히 눈의 머리를 쓰다듬거나 조용히 눈물을 훔쳤다.

"아무래도 19층에 가기 전에 원부터 만나야겠지."

승강기에 오른 마란이 힐끗 눈을 내려다보며 말했다. 눈은 별다른 반응을 보이지 않았다. 그런데 갑자기 승강기 스피커에서 큰 소리가 울려 퍼졌다.

"눈! 눈이 왔다고? 눈은 어딨어?"

짜랑짜랑하고 앳된 목소리였다. 이기와 도나는 귀를 막은 채 어리둥절한 표정으로 스피커만 쳐다보았다.

"마란, 원한테서 저 방송 장치를 뺏을 방법은 없는 겁니까."

노지가 차분한 한숨을 내뱉자 마란이 고개를 저으며 말했다. 두 사람은 이런 일에 퍽 익숙한 듯이 보였다.

"눈이 사라진 뒤 시도 때도 없이 기지에 개인 방송을 하는 게 낙이었잖아. 이제 눈이 돌아왔으니 덜 하겠지."

잠시 후, 18층에서 승강기 문이 열리자 복도 끝 가로로 긴 유리창이 달린 방에서 위아래 흰색 옷을 입은 아이가 뛰어나왔다.

"눈이 여기에? 눈! 눈!"

스피커로 울려 퍼진 목소리의 주인공이었다. 아이는 턱이 좁고, 눈과 귀가 큼지막했다. 전체적으로 부드럽고 동그스름한 눈의 이목구비와는 꽤 다른 인상을 풍기는 생김새였다.

"눈… 왜 다시 돌아온 거야?"

기쁨에 겨워 눈의 이름을 부르며 달려온 아이가 돌연 낯빛을 바꾸었다.

"이제 와서 뭐 하러 돌아왔어! 어떻게 나를 버리고 갈 수가 있어?"

감정이 격해진 듯 아이의 목소리가 점점 커지자 가장 먼저 나선 사람은 마란이었다.

"원, 눈이 이렇게 무사히 돌아왔으니 얼마나 다행이야. 넌 똑똑한 아이니까, 지금 지난 일을 들추거나 잘잘못을 따져서 좋을 게 없다는 거 잘 알잖아. 그러니 오늘은 그저 눈을 반기고 환영해 주자, 응?"

마란의 말에, 원은 마치 누군가 자신을 달래 주길 바랐다는 듯이 냉큼 표정을 바꾸고 눈을 향해 걸어왔다.

"눈, 이제 다시는 안 떠날 거지?"

눈은 대답 대신 이기를 올려다보았다. 눈의 눈빛만 보고도, 이기는 눈이 원의 말에 단박에 긍정하길 꺼린다는 사실을 알 수 있었다. 그때 원이 앙칼진 목소리로 이기를 향해 물었다.

"넌 누구야?"

"우린 눈의 친구야. 난 이기, 여기는…."

"도나야."

도나는 이미 원이 마뜩잖은 감정을 얼굴에 고스란히 드러내고 있었다. 도나의 표정을 읽은 것일까. 원이 막무가내로 소리를 지르기 시작했다.

"눈한테 친구는 나뿐이야! 내가 가족이고 친구라고! 눈은 나밖에 없어!"

원이 안하무인으로 소리를 지르는데 아무도 그를 제지하려 들지 않았다. 이번엔 마란도 어찌하지 못하고 한발 물러나 있었다. 더 볼 것도 없군. 이기는 혀를 차며 생각했다. 이 녀석은 하계 기지의 성질 포악한 꼬마 왕임이 틀림없다고.

"눈… 너 설마 네 능력을 허튼 데 쓰고 다닌 건 아니지?"

원이 눈의 손을 붙잡으며 물었다. 눈이 약간의 눈짓이나 고갯짓조차 하지 않자, 원이 다시 힘주어 말했다.

"넌 내 거야. 네 능력도 내 거라고."

이기는 노지가 눈을 딱하게 여긴 이유를 그제야 이해했다. 눈은 이런 일 정도는 늘 있었다는 듯이 담담한 표정을 하고 있었다. 그게 이기를 더 속상하게 했다.

"아… 오랜만에 네 손 잡으니까 좋다, 눈. 네가 없을 때 내가 얼마나 힘들었는지 알아? 연구고 뭐고 아무것도 못 했어. 그동안 아무런 진척도 없었다고. 하계가 조바심이 나면 어떻게 구는지 알잖아. 내가 머리 아프다고 아무리 사정해도 쉴 틈을 안 줬어. 근데 이젠 괜찮아. 정말로. 네 손을 잡으니까 정말…."

정말 두통이 심했던 걸까. 눈의 손을 잡은 원의 목소리가 부드러워졌다. 눈 덕에 통증이 사라진 듯했다.

"나 정말 네가 영영 돌아오지 않을까 봐 무서웠어…."

어떻게 이렇게 갑자기 딴사람이 되었담. 어찌 보면 그저 순하고 겁 많은 범상한 아이. 그런 원의 변화에 안도하는 마란의 반응을 보며, 이기는 하계의 기지에서 원을 이렇듯 얌전하게 만들 수 있는 사람은 눈밖에 없으리라 짐작했다. 하지만 왜 눈이 그 역할을 떠맡아야 하는지는 이해할 수 없었다.

"눈, 이런 변덕과 응석을 다 받아 줄 필요는 없어. 말이 되는 소릴 해야지. 도대체 누가 자기 거라는 거야?"

언제나 그렇듯, 부당함을 참지 못하고 먼저 나선 사람은 도나였다. 원은 정색하며 도나의 말을 받아쳤다.

"내 말이 뭐 틀렸어? 눈은 내 것이고 나는 눈의 것이야. 우린 특별한 쌍둥이라고. 절대로 떨어져 있을 수 없어."

"쌍둥이? 너희 둘이 쌍둥이라고?"

도나가 놀랄 만도 했다. 눈과 원은 외모도 딴판이거니와 성격 또한 전혀 다르지 않은가.

"뭐 그렇다 치더라도, 아무리 각별한 형제지간이라고 해도 서로를 소유할 순 없는 거야. 너 똑똑한 애라면서, 그것도 몰라?"

도나가 가르치듯 말하자 부아가 치민 얼굴로 도나를 째려보던 원은 더는 도나와 말을 섞지 않겠다는 듯 쌩하니 고개를 돌렸다. 그러고는 눈에게 속삭였다.

"눈, 가자. 나랑 같이 하계한테 가서, 다시는 기지를 떠나지 않겠다고 약속하자, 응?"

눈은 이번에도 아무런 반응을 보이지 않았지만 원은 개의치 않고 눈의 손을 잡아끌었다. 눈이 제멋대로 이랬다저랬다 하는 원에게 익숙하듯 원도 눈의 무반응에 익숙한 것처럼 보였다. 승강기로 향하는 원과 눈의 뒤를 따르며 마란이 이기와 도나에게 말했다.

"너희도 같이 가야지. 이곳에 있으려면 하계의 허락을 받아야 한다는 거 잊지 않았지?"

"잊을 리가요! 대단하신 하계 님이 우리 능력을 인정해 주셔야 한다면서요. 긴장돼 죽겠네."

도나가 과장되게 몸을 떨며 히죽 웃었다. 이기가 도나의 팔을 이끌고 승강기로 향하는데,

"노지, 넌 안 가?"

걸음을 옮기지 않는 노지를 향해 도나가 물었다.

"난 되도록 하계를 덜 보고 사는 게 좋아서."

노지의 얼굴에 제법 장난스러운 미소가 어렸다. 노지는 승강기 밖에 팔짱을 끼고 선 채로 이어 말했다.

"도나 네 말대로 너희 둘 합이 좋았어. 순혈인을 지키겠다는 의지만 보여 준다면 하계가 허락 안 할 이유는 없을 거야."

어쩐지 이기와 도나가 기지에 남기를 바라는 듯한 말투였다. 도나는 승강기 문이 닫히고 나서야 눈의 머리를 쓰다듬으며 중얼거렸다.

"의지라니, 그건 이미 충분히 보여 준 것 같은데…."

여기까지 눈을 무사히 데리고 온 것만으로도 충분하지 않냐는 뜻일 터였다. 도나의 말뜻을 알아차린 마란이 팔짱을 끼며 말했다.

"앞으로도 계속 실력을 보여 준다면, 그에 따른 보상을 받을 수도 있겠지."

보상이라. 이기는 노지가 '순혈인을 도와준 대가'에 관해 언급했던 것을 떠올렸다. 그런데 도나는 마란이 빈정댄다고 느꼈는지, 바로 불쾌한 빛을 내비치며 물었다.

"보상은 무슨 보상?"

그러자 원이 마란을 올려다보며 말했다.

"뭐야, 얘네 설마 아무것도 모르는 거야?"

마란이 무어라 말하는 순간 19층에서 승강기 문이 열리고 가로로 놓인 복도에 접한 커다란 방이 나타났다. 방을 둘러싼 창으로 하얀 빛이 쏟아져 들어오는 바람에 도나가 손등으로 눈을 가리고 인상을 찌푸렸다.

"엇, 뭐야. 눈부셔."

온통 흰색뿐인 공간. 사방에 홀로그램이 떠다니는 방 한가운데에 서 있는 사람. 바로 하계였다.

하계는 무릎까지 내려오는 흰색 가운을 입고 있었다. 이기는 눈을 가늘게 뜨고 하계를 살펴보았다. 적당히 부스스한 은발에 회색 눈썹, 마른 체격에 큰 키. 마디 굵은 손가락엔 두꺼운 은색 반지를 낀 채였다.

"와… 이게 다 뭐예요?"

도나가 하계의 주변을 에워싼 색색의 글자를 가리키며 물었다. 정확히 누구를 특정하고 물은 질문은 아니었다.

"홀로그램도 몰라? 평생 좀비들하고만 어울렸나 봐?"

원이 밉살맞게 대꾸했다. 도나는 기죽지 않고 채찍을 쓰다듬으며 받아쳤다.

"그래, 그랬다. 그게 뭐 어때서? 너 같은 꼬맹이가 좀비몰이꾼이 뭔지 들어는 봤으려나."

"뭐, 꼬맹이? 이게!"

원은 눈과 닮은 점이 하나도 없어 보였지만 꼬맹이라는 말에 발끈하는 모습은 무척 비슷했다. 마란은 하계의 눈치를 보며 원과 도나 사이로 한 걸음 내디뎠다. 하지만 원은 오히려 목소리를 높였다.

"하계! 얘네 절대로 허락해 주지 마세요! 이런 얼치기들은 필요 없어! 절대 안 돼! 너흰 절대로 우리 기지에서 머물 수 없어!"

그때였다. 하계의 손짓 한 번에, 방 안의 글자가 일순간 모두 사라져 버렸다. 눈을 어지럽히던 글자들이 사라지자, 덩달아 소음도 사그라졌다. 원이 입을 딱 다물어 버린 것이다.

"손님들에게 무례하구나, 원."

고저가 없는 억양. 하계의 차분한 목소리에 원은 더 대들지 못했다. 원이 잠잠해진 틈을 타서 마란이 나섰다.

"하계, 이 아이들은…."

하계가 예사롭지 않은 눈빛으로 마란을 쳐다보자, 마란도 원처럼 입을 꾹 다물었다. 하계는 마란과 원의 침묵이 마음에 든 듯 한결 누그러진 표정으로 이기와 도나를 바라보았다.

"잘 싸우더군. 보드와 채찍을 이용해서 좀비들을 상대하는 건 처음 보았어. 인상적이야."

"보는 눈이 있으시네요. 우리가 원래 좀 그래요. 둘이 힘을 합치면 무서울 게 없어서."

도나가 으스대는 동안 이기는 하계의 표정을 살폈다. 적당히 주름지고 피곤해 보이는 얼굴 위로 딱딱하지도, 부드럽지도 않은 표정이 가면처럼 드리웠다. 어쩐지 진짜 의도를 숨기는 데 능숙할 것처럼 보였다.

하계는 도나의 말에 대꾸하는 대신 좀 전에 글자를 사라지게 했을 때처럼 손가락을 움직였다. 방을 둘러싼 흰 벽이 순식간에 투명한 유리벽으로 바뀌었다. 하계가 천천히 유리벽을 향해 걸음을 옮기자 마란이 이기와 도나를 향해 손짓했다. 하계를 따라 이동하라는 뜻이었다.

"이기 그리고 도나. 너희 둘이 눈을 도와주었다고?"

하계가 유리벽 아래를 내려다보며 말했다. 이기와 도나는 조심스레 걸음을 옮겼다. 하계의 지근거리에 서니 철탑처럼 높이 솟은 다리와 강 건너 우글거리는 좀비 떼가 바로 한눈에 들어왔다. 이곳에서 아까의 전투를 훤히 내려다본 것 같았다.

"무슨 보상을 바라고 도와준 건 아니에요."

아까 마란의 말을 의식한 듯, 도나가 말했다.

"그렇군."

하계는 도나의 말에 흥미를 보이지 않았다.

"그런데 도나… 내가 인간관계에서 싫어하는 게 하나 있어. 그게 뭘까?"

하계는 다만 자기 생각을 반드시 도나에게 일러 주려는 듯이 보였다. 도나가 고개를 젓자, 하계가 뒷짐을 지며 말했다.

"대가가 확실하지도 않은 일에 시간과 노력을 투자하는 것. 근데 아무래도 너희가 그런 일을 한 것 같군."

우릴 한심하다고 여기는 걸까. 대가를 바라지 않고 누군가를 지키는 일이 한심해 보일 거라는 생각은 한 번도 해 본 적이 없었기에, 이기는 하계의 말이 쉬이 이해되지 않았다.

"앞으로는 그렇게 일할 필요 없을 거야. 우린 계약을 맺을 거니까."

하계 역시 이기와 도나가 왜 눈을 지키려 했는지 이해하지 못하는 것 같았다. 아니, 이해하려고 들지도 않는 듯했다.

"계약이요? 무슨 계약?"

도나가 물었다.

"서로 주고받을 게 무엇인지 확실히 정하는 계약."

그러자 지금까지 애써 입을 꾹 닫고 있던 원이 부루퉁한 목소리로 외쳤다.

"하계! 설마 진짜로 이 둘을 기지에 머무르게 하려고?"

확실한 미래

"우리는 실력 있는 적맥인이 필요해."

"하지만…."

어차피 하계의 손짓 한 번이면 입도 벙긋 못 할 거면서. 이기는 말끝을 흐리고 입술만 달싹이는 원에게서 시선을 떼고는, 하계의 방에 들어선 뒤로 내내 인형처럼 서 있는 눈을 살펴보았다. 그러고 보니 하계가 눈에게는 단 한 마디도 건네지 않았어. 너무하잖아. 아무리 멋대로 나다니다 돌아온 골칫거리로 여긴다 해도 혼을 내든지 화를 내든지 해야 하는 거 아닌가. 이기는 퍼뜩 엄마를 떠올렸다. 그 어떤 말썽을 부려도 혼을 내고 화를 낸 뒤엔 어김없이 꼭 안아 주던 엄마. 하계는 분명 눈에게 그런 존재가 되어 준 적이 없을 터였다. 아직 마란에게서도 진상을 밝혀내지 못해 의심의 눈초리를 거둘 수 없는 상황인데, 그에 더해 하계까지 이렇듯 미덥지 않다니. 그동안 눈이 얼마나 외로웠을지 생각하니 가슴이 시렸다.

"적맥인과 순혈인은 서로 지켜 주는 관계다. 이곳엔 많은 적맥인이 살고 있어. 한정된 공간에서 적맥인과 순혈인이 부딪치는 일 없이 잘 어울리며 살기 위해선 계약이 필요한 법이야."

"서로 지켜 주는 데 무슨 계약이 필요해요?"

"아까 말하지 않았나? 난 확실한 대가가 보장되는 관계를 선호한다고."

"우린 그런 계약 같은 거 안 해도 눈을 계속 도울 거예요."

도나가 단호하게 말했다. 하지만 이번에도 하계는 도나의 말에 전혀 흥미를 느끼지 못하는 것 같았다.

"눈을 지켜 주는 것만으로는 충분치 않아. 우리가 원하는 건 이 기지에 있는 모든 순혈인을 지켜 줄 적맥인이지."

이번엔 이기가 물었다.

"그렇게 해서 우리가 받을 확실한 대가가 뭔데요?"

하계는 그제야 흥미를 보였다.

"확실한 미래."

어쩐지 수상해 보이는 미소를 지으며 하계가 대답했다.

"확실한… 미래요?"

"그래. 적맥인들은 탁월한 신체적 능력을 지녔지만 안타깝게도 네 명 중 한 명은…."

"적맥인병! 적맥인병에 걸려요!"

하계가 질문을 던진 것도 아닌데 도나는 가장 먼저 정답을 맞히고 싶은 아이처럼 번쩍 손을 들고 외쳤다. 하계는 자기 말을 끊은 도나가 탐탁지 않은 듯했지만 이내 고개를 끄덕이며 말을 이었다.

"그래, 적맥인병. 적맥인을 죽음에 이르게 하는 치사변이증(致死變異症)이다. 잘 알다시피 이 병에 걸리면 좀비처럼 몸이 썩어 가지. 좀비는 몸이 썩는다고 해서 죽지 않지만 이 병에 걸린 적맥인은 죽음을 피할 수 없어."

좀비는 죽지 않지만 적맥인은 죽는다. 그 말을 듣는 순간, 그동안 이기를 괴롭히던 풀리지 않는 수수께끼에 대한 답이 불현듯 떠올랐다.

"그거였어! 왜 지금껏 그걸 몰랐지?"

"응? 무슨 소리야, 이기?"

"좀비들이 적맥인병에 걸린 사람들을 두려워했던 이유 말이야."

도나는 여전히 이해가 가지 않는 얼굴로 이기를 쳐다보았다.

한편 하계는 이기가 무엇을 깨달았는지 눈치챈 듯 후후 웃음을 흘리며 이기 쪽으로 한 발 다가섰다.

"경험과 직관을 통한 추론을 할 줄 아는구나. 제법 똑똑해."

어째서인지 이기는 하계의 칭찬이 그리 달갑지 않았다. 그래서 별다른 반응을 보이지 않은 채 도나를 향해 설명을 덧붙였다.

"좀비들은 죽음의 냄새를 맡고 두려워했던 거야, 도나. 좀비화되어 가는 존재들에게서 필멸(必滅)의 기운이 풍기니까."

"필멸의 기운?"

하계가 은반지를 살짝 돌리며 도나를 쳐다보았다.

"우리가 적맥인병을 연구하면서 알게 된 게 있다. 좀비와 적맥인은 겉보기엔 다르지만, 구조적으로 꽤 닮았다는 거지."

"그래서요?"

도나는 여전히 이해가 안 간다는 듯 고개를 갸웃했다.

"그래서 자신과 닮은 적맥인들이 걸린 치명적인 병에 반응하는 거다. 어떻게 적맥인병을 감지하는지 정확히 알아내진 못했지만… 처음엔 휘발성 유기화합물 같은 냄새 때문인가 했지. 인간은 맡을 수 없지만 좀비는 감지할 수도 있으니까. 아니면 체온인가 싶었다. 감염자들은 보통 미세하게 체온이 오르거든. 그런데 그 둘 다 아니었어."

하계의 얼굴이 어두워졌다.

"결국 남은 가능성은 하나야. 각성하여 욕구가 생긴 좀비들은… 죽음을 감지한다. 말 그대로, 적맥인병에 스며 있는 죽음의 기운을 본능적으로 알아채는 거지."

"역시… 적맥인병이 좀비에게 죽음을 상기시키는 자극이 되는 거군요."

"그래. 죽음을 깨우는 자극. 그 본능적인 두려움이 좀비를 피하게 만드는 거다."

"그렇구나! 순혈인이 좀비의 욕망을 자극하듯 적맥인병은 공포를 자극하는 거야!"

마침내 수수께끼를 풀게 되어 속이 시원하다는 듯이 도나가 소리치자 하계가 인상을 찌푸리며 중얼거렸다.

"좀비들은 정말이지, 해괴한 존재라고밖에 표현할 수 없다. 결국 인간 본래의 모습으로 존재하는 건 순혈인밖에 없어."

인간 본래의 모습? 이기는 하계의 말에 고개가 갸우뚱해짐과 동시에 알 수 없는 반감을 느꼈다. 아직 확신할 순 없지만 어쩐지 하계가 좀비와 적맥인을 낮잡아 보는 듯했다.

"바이러스에 감염된 몸은 기본적으로 같은 반응을 보였다. 모든 메커니즘을 다 밝혀내진 못했지만 좀비와 적맥인, 두 양상으로 갈라지게 된 건 분명 아주 미세한 유전자변이 때문이었을 거다. 바이러스가 사라지고도 이들 유전자는 이어져 왔지. 너희들은 그야말로 한 끗 차이로 좀비가 아닌 적맥인으로 태어난 거야."

"치…. 어쩐지 우리한테 너무 선을 긋는 거 같네요. 그러니까 적맥인은 좀비들이랑 한패라 순혈인하고는 급이 다르다, 뭐 그런 말을 하는 거예요?"

이기가 불쾌하게 여기고 있던 부분을 도나가 짚고 나서자, 원이 카랑카랑한 목소리로 반박했다.

"당연히 급이 다르지! 우린 순수 혈통을 갖춘 진짜 인간이라고."

"웃기시네. 그럼 적맥인은 가짜 인간이냐?"

도나가 어이없다는 표정으로 원을 내려다보았다. 그러자 내내 하계의 눈치를 살피며 잠자코 있던 마란이 입을 열었다.

"도나, 그만해. 인정할 건 인정해야지. 우리가 감염된 존재인 건 맞잖아. 하계는 그런 우리에게 확실한 미래를 선사해 주시는 분이야."

"도대체 그게 뭔데요? 확실한 미래라는 게."

답답해진 이기가 다시 물었다.

"백신이지. 하계의 백신."

마란이 하계를 쳐다보며 대답하자, 하계가 손을 들어 올려 손가락을 튕겼다. 순식간에 반투명 글자와 그림들이 다시 나타나 하계를 에워쌌다. 그중엔 순혈인 복장을 하고 은색 머리카락을 단정히 묶은 여인의 사진도 있었다.

"돌아가신 내 어머니가 평생을 바쳐 연구하시던 백신을 내가 완성했지."

여인의 사진을 물끄러미 바라보던 하계는 이기를 향해 고개를 돌리며 말을 이었다.

"적맥인병 백신은 꾸준히 발전해 왔어. 어머니는 백신 유효율을 칠십 퍼센트까지 높여 놓으셨지. 백 퍼센트를 만들어 낸 건 나고. 이십 년 동안 지켜본 결과, 내 백신을 맞은 적맥인 가운데 적맥인병에 걸린 자는 단 한 명도 없었다."

자신의 업적을 증명해 보이려 하계가 허공의 숫자와 그래프를 가리켰지만, 거기에 이기가 이해할 만한 내용이 있을 리 없었다. 하지만 하계의 말이 사실이라면….

이기가 다급히 물었다.

"그럼 적맥인병에 걸린 사람은요? 이미 병에 걸린 사람도 고칠 수 있어요?"

하계는 안경을 한 번 추어올릴 뿐 선뜻 대답을 내놓지 않았다. 그때 뜻밖의 인물이 입을 열었다.

"백신은 아직 병에 걸리지 않은 사람들에게만 효과가 있어. 적맥인병 치료제는 내가 연구 중이야."

웬일로 으스대는 기색 없이 뒷머리를 긁으며 원이 말을 이었다.

"괴짜 선이 얼마 전부터 진짜로 미쳐 버린 것처럼 구는 바람에…. 보조해 줄 사람도 없고 혼자서 연구하느라 좀처럼 진도가 안 나가긴 하는데…."

괴짜 선에 관한 이야기를 들은 눈이 의아한 표정으로 마란을 올려다보자, 마란이 작게 말했다.

"알잖니, 선의 상태가 오락가락하는 거. 걱정할 필요 없어."

하지만 눈은 전혀 안심하지 못하는 눈치였다.

"아무튼… 나도 노력 중이라고. 조수가 없다는 핑계를 대려는 게 아니라, 진짜로 노력 중이야."

생각만큼 빨리 치료제를 개발하지 못해 무척 자존심이 상한다는 듯 원이 입술을 삐죽거렸다. 원은 자신의 연구에 진심인 것처럼 보였다. 떼쓰고 응석 부리는 것만 좋아하는 줄 알았는데, 의외의 모습이었다. 가뜩이나 자책하고 있는 와중에 하계의 날카로운 눈빛까지 더해져서일까. 원의 어깨가 눈에 띄게 움츠러들었다. 그런 원을 다독여 주는 사람은 눈뿐이었다. 원은 새삼 눈의 존재에 감동한 얼굴로 눈을 바라보았다.

"눈… 이제 네가 돌아왔으니 다 잘 풀릴 거야. 내가 꼭 치료제를 만들 거야. 보란 듯이 성공할 거야."

눈이 부드럽게 고개를 끄덕이자 원이 와락 눈을 감싸안았다.

원의 어깨 위에 가만히 놓인 눈의 얼굴이 이기를 향했다. 의미심장한 눈의 눈빛. 이기는 그 순간 눈이 누구를 생각하는지 알 수 있었다. 그때 도나도 떨리는 손으로 이기의 팔을 붙잡았다. 셋이 동시에 한 사람을 떠올린 것이다.

이기가 하계를 향해 말했다.

"치료제… 치료제가 필요해요."

엄마를 치료할 수만 있다면. 치료제를 가지고 섬으로 돌아갈 수 있다면. 이기는 간절했다.

하계는 구구절절한 사연을 듣지 않아도 대강 짐작하겠다는 듯 오만한 표정으로 대꾸했다.

"원은 천재야. 어떤 면에선 나보다 더 뛰어나지. 치료제를 개발하는 건 시간문제다."

하계의 칭찬에 원의 얼굴이 밝아졌다. 원은 종종 반말까지 해 가며 하계에게 버릇없이 굴지만 하계의 묵직한 말 한마디, 칭찬 한마디에 기분이 좌지우지되는 것 같았다. 하계가 원의 방종을 보아 넘기는 이유는, 방금 스스로 인정했듯 하계 자신을 뛰어넘는 원의 천재성 때문이리라.

하계는 이기를 힐끗 쳐다보며 덧붙였다.

"그러니 계약에 대해 진지하게 생각해 보도록."

이기가 고개를 끄덕였다. 사실 생각하고 말고 할 문제가 아니었다. 엄마를 구할 치료제만 얻을 수 있다면 그깟 계약 따위 못 할 이유가 무엇이겠는가? 게다가 눈과 같이 좀비들에게 공격받는 사람들을 지켜 주는 일만 하면 되는데.

이런 이기의 마음을 눈치챈 걸까. 하계는 모든 볼일이 끝났다는 듯 짐짓 여유 있는 몸짓으로 허공의 글자를 향해 손을 뻗으며 무심히 말했다.

"오늘 환영 인사는 여기까지 하지."

그만 하계의 방을 나서도록 마란이 모두를 재촉했다. 이기는 당장 계약서에 손도장을 쾅쾅 찍고 싶은 마음을 꾹 누르며 승강기에 올랐다.

◆◆◆

"계약 기간을 짧게 잡자. 그리고 원이 적맥인병 치료제를 개발할 때까지 조금씩 연장하는 거야. 치료제를 얻으면 바로 섬으로 돌아가고. 어때?"

도나가 침대에 누워 천장을 바라보며 중얼거렸다. 마란이 안내해 준 방은 군더더기 없이 청결했다. 이층 침대를 보자마자 도나는 환호성을 지르며 냉큼 침대 사다리를 뛰어올랐다. 이기는 의자에 몸을 비스듬히 기대어 앉은 채 도나와 같이 천장에 시선을 두고 있었다. 눈이 살그머니 방문을 연 것은 바로 그때였다.

"눈!"

도나가 벌떡 일어나 반가워하자 눈이 검지를 입술에 가져다 대었다. 이기는 얼른 눈을 안으로 들이고 밖을 한 번 살펴본 뒤 조용히 문을 닫았다. 침대 사다리를 내려오며 도나가 물었다.

"원 그 녀석 몰래 빠져나왔구나?"

눈이 고개를 끄덕였다.

"그 녀석 징징대는 거 자꾸 받아 주면 안 돼. 버릇 든다고. 뭐, 이미 버릇은 나빠질 대로 나빠진 거 같지만."

눈의 입가에 희미한 미소가 어렸다. 그러곤 지금 중요한 건 그게 아니라는 듯 도나와 이기의 손을 잡아끌었다.

"어디, 어디 가는데?"

이기는 묻지 말라는 뜻으로 도나의 팔꿈치를 툭 쳤다. 물어봐도 눈의 마음만 더 답답해질 터였다. 이내 이기의 뜻을 알아차린 도나는 민망한 듯 웃고는 잠자코 눈의 뒤를 따랐다.

방을 나선 세 사람은 복도를 지나 비상문을 열고 계단을 올랐다. 층고가 높은 건물이라서 고작 한 층을 오르는 데에도 수많은 계단을 올라야 했다.

"18층은 원이 있는 곳 아니야?"

눈이 18층에서 걸음을 멈추자 더는 못 참겠다는 듯 도나가 의아한 표정으로 물었다. 눈은 대답 없이 조용히 앞서 나아갔다. 좌측 방, 복도 끝까지 이어진 기다란 창문으로 책상에 엎드린 채 잠들어 있는 원의 모습이 보이자 이기와 도나는 냉큼 자세를 낮추었다. 눈을 따라 조심스레 우측 방에 들어서자, 폭탄을 맞은 듯한 광경이 눈앞에 펼쳐졌다.

"어우, 냄새…."

옷가지며 신발, 온갖 부품과 종이들, 정체를 알 수 없는 쓰레기가 산처럼 쌓여 있었다. 단언컨대 이 방은 하계의 기지에서 가장 지저분한 방이리라. 아니, 이 정도로 난장판인 공간은 섬에서조차 본 적이 없었다.

도나가 코를 막고 물었다.

"뭐야, 여기…. 좀비라도 사는 거야?"

눈은 쓰레기가 쌓인 방 한구석으로 조용히 걸음을 옮겼다. 그리고 자신의 작은 손을 쓰레기더미 속으로 집어넣었다. 무언가를 기다리는 듯한 표정이었다. 그런 눈의 기대에 부응하듯, 잠시 후 쓰레기더미에 미동이 일었다.

"맙소사…."

도나가 눈을 동그랗게 뜨고 이기를 쳐다보았다. 이기도 놀라기는 마찬가지였다. 산처럼 쌓인 쓰레기 속에서 사람이 튀어나올 줄 어찌 알았겠는가. 동그랗고 주름진 얼굴의 남자가 지독한 곱

슬머리 사이사이로 잡다한 쓰레기를 꽂고 나타났다. 먼지가 가득 묻은 안경알은 손가락 한 마디는 족히 넘을 정도로 두꺼워서 그의 눈을 기묘한 모양으로 굴절시켰다. 잔뜩 몸을 움츠린 남자는 들릴 듯 말 듯한 목소리로 알 수 없는 말을 중얼거리고 있었다.

도나가 귓속말을 했다.

"저 사람이 그, 괴짜 선이라는 사람인가 봐."

"쉿…."

이번엔 이기가 검지를 입술에 가져다 댔다. 잔뜩 긴장한 듯 보이는 선을 자극하고 싶지 않았다. 도나가 입을 다물자 눈이 다시 움직였다. 뜻밖에도 눈은 아무 거리낌 없이 선의 불룩 나온 배를, 마치 아름드리나무를 껴안듯 두 팔 벌려 감싸안았다. 그렇게 얼마나 안고 있었을까. 선의 중얼거림이 잦아들고, 뻣뻣한 몸이 부드럽게 풀렸다.

"눈…?"

선은 그제야 눈의 존재를 인식한 듯했다.

"살아 있었구나!"

눈이 선을 올려다보며 고개를 끄덕이자 선의 얼굴이 혼란스러운 기쁨으로 씰룩댔다.

"오… 세상에…. 눈이 살아 돌아오다니. 눈이 살아 돌아왔어…!"

선은 입술을 부르르 털고 나서 콩팔칠팔 떠들기 시작했다.

"이제 악몽은 끝이야! 아니, 정말 끝일까? 눈, 나는 내가 널 죽게 만든 줄 알았어. 나 때문에 네가 죽었다고 생각했어. 그럴 의도는 아니었는데. 아니지. 정말 아니었을까? 근데, 가만. 어떻게 돌아왔지? 눈, 너 어떻게 돌아온 거니? 온 천지가 좀비인데 어떻게 살 수 있었어? 내가 널 좀비 천지인 곳으로 분명 내보냈는데? 어떻게 된 거지? 아! 이건 꿈이구나! 그렇지? 이건 꿈이지?"

"아저씨, 꿈 아니에요. 생생한 현실이라고요."

도나가 참지 못하고 끼어들었다. 이기가 도나에게 그만하라는 눈빛을 보내자 도나가 부루퉁하게 대꾸했다.

"왜, 계속 횡설수설하잖아."

"그렇긴 한데…."

조리가 없는 듯해도 잘 들어 보면 정보가 담겨 있는 말이었다. 눈이 이기와 도나를 선에게로 이끈 데도 이유가 있을 테고. 이기는 선의 말을 계속 들어 봐야겠다고 생각했다.

"현실? 생생한 현실? 이게 현실이라고? 그래…. 그런 거 같기도 해. 머리가 맑아지고 있어. 눈이 날 안아 줄 때마다 느낀 기분인데. 이상하다, 이상해! 너무 이상해! 이런 꿈도 있나?"

눈동자를 희번덕거리고 웃던 선이 별안간 양손으로 눈의 몸통을 움켜쥐고는 눈을 번쩍 들어 올렸다. 눈이 아무 경계심 없이 마주 웃는 모습을 보이지 않았다면 이기는 당장 선의 손에서 눈을 빼앗아 왔을 것이다.

"꿈인가? 꿈이 아닌가? 무슨 상관이람! 눈이 살아 돌아왔는데! 나 때문에 죽은 줄로만 알았던 눈이!"

"그런데, 선…. 왜 눈을 좀비 천지인 기지 밖으로 내보낸 거예요?"

선이 싱글벙글 웃는 틈을 타 이기가 질문을 던졌다.

"눈이 그 일을 막을 수 있으니까! 눈은 아주 특별하거든!"

눈이 막을 수 있는 일이 뭘까. 이기는 방금 선의 입에서 아주 중요한 말이 나왔다는 느낌이 들었다.

"눈이 특별한 건 우리도 알아요. 근데 눈이 막을 수 있는 일이 뭔지는 잘 몰라요. 그게 무슨 일인지 말해 줄 수 있나요, 선?"

"안 돼. 그건 안 돼."

선의 표정이 돌연 딱딱하게 굳었다. 선은 눈을 내려놓고 고개를 세차게 저었다.

"안 되지. 말할 수 없지. 너희를 어떻게 믿고? 만약 너희가 떠벌리고 다니면 난 쫓겨날 텐데. 저 밖으로, 좀비들이 날뛰는 기지 밖으로 쫓겨날 거라고. 어우, 어어우. 안 돼. 난 못 나가. 안 나가. 보호제 개발에 성공하기 전까진 난 절대로 밖에 안 나갈 거야."

"보호제? 무슨 보호제요?"

"순혈인 보호제. 우리 순혈인들을 위한 보호제지."

선이 눈을 반짝였다. 그리고 희망을 노래하는 듯한 얼굴로 말을 이었다.

"그 보호제를 맞으면 좀비들이 우릴 공격하지 않을 거야. 우리도 너희 적맥인들처럼 좀비를 무서워할 필요가 없어지는 거지. 그럼 나도 밖에 나가서 마음껏 돌아다닐 수 있어! 좀비들 사이를 당당하게 걸을 수 있다고! 근데 만들기가 어려워. 무지 어려워. 성공한 사람이 아무도 없어. 원은 만들 수 있을까? 원은 만들 수 있을지도 몰라. 나보다 훨씬 뛰어나고, 하계 따위와는 비교도 안 될 만큼 뛰어나니까. 원은 대단해. 원이 얼마나 대단하냐면…. 자기가 얼마나 대단한 걸 만들고 있는지도 모를 정도로 대단하지. 가만, 그게 대단한 건가? 대단하다는 건 때로는 위험한 건데 말이야. 아무튼 그래. 원은 위험할 정도로 대단해. 근데 하계는 대단하지 않은데도 위험해."

"하계가 뭐가 위험한데요?"

선은 눈동자를 마구 굴리다가 자기 뺨을 가볍게 여러 번 때리고는 목소리를 낮추어 속삭이듯 말했다.

"하계가 완성한 적맥인병 백신, 그건 만들기 쉬운 거였어. 자기 어머니가 구십구 퍼센트 완성해 놓은 상태였으니까. 하계는 쉬운 것만 손대. 쉬운 것만 연구하니까 지루해서 그러나? 장난질도 치고."

"장난질? 무슨 장난질이요?"

도나는 의심이 가득한 표정으로 선에게 묻고는 이기를 쳐다보았다. 하계가 적맥인병 백신에 뭔가 엉뚱한 수작을 부렸다는 걸까. 하계는 어떤 위험한 일을 꾸미고 있는 걸까. 이기의 마음속에도 의심이 뭉게뭉게 일었다.

"마란한테 물어봐. 마란은 알고 있으니까. 내가 마란한테 말해 줬거든. 우리는 친해. 마란이 자기는 믿어도 된다고 했어."

"마란한테요? 마란한테 또 뭘 말해 줬어요?"

"다 말했지. 마란은 무서워. 그래도 난 마란을 좋아해. 마란도 날 좋아할까? 그건 잘 모르겠어. 근데 내가 눈을 데리고 기지 밖으로 떠나 달라고 했을 때 내 부탁을 들어준 걸 보면…."

말하다 말고, 선이 양손으로 자기 입을 와락 막았다.

"선, 당신이 마란에게 부탁했군요? 마란은 당신 부탁을 듣고 눈을 데리고 떠났다가 도중에 눈을 잃어버린 거고. 왜 그런 부탁을 했어요? 아까 말한 그 일을 막으려고 한 건가요?"

선은 손바닥으로 입을 막은 채 절대로 말하지 않겠다는 의지를 보여 주려는 듯 고개만 힘차게 저을 뿐이었다. 그러자 눈이 까치발을 하고서 선을 향해 팔을 뻗었다. 잠시 망설이던 선은 곧 얌전히 눈에게 손을 내밀었다.

"눈… 미안해. 나는 마란이라면 널 끝까지 지킬 수 있을 줄 알았어. 너도 알다시피 마란은 엄청나게 세잖아. 발차기도 잘하고, 철두철미하고. 그런데 널 놓치다니…. 혹시 마란은 날 믿지 못한 걸까? 내가 하계와 원을 제치고 대단한 일을 해낼 리 없다고 생각한 걸까? 그래서 널 일부러 놓친 걸까? 마란이 널 버린 걸까? 응? 내가 무슨 말을 하는 거지…. 마란이 널 버릴 리가 없는데…. 내가 마란을 의심하다니…."

선이 머리를 움켜쥐고 흔들었다. 이기는 도나와 눈을 맞췄다. 아나인들이 눈을 납치해 배에 태워 보냈을 거라고 몰아가던 마란의 거짓말을 떠올린 것이다.

"마란과 얘기해 봐야겠어."

이기가 말했다. 마란이 솔직하게 털어놓든 거짓말로 일관하든, 여기까지 들은 이상 마란에게 자초지종을 따져 묻지 않을 수 없었다. 도나가 고개를 끄덕이는 순간, 연구실 문이 열렸다. 선이 반색하며 외쳤다.

"마란! 마란! 눈이 살아 돌아왔어! 마란, 네가 버렸던…. 아니 네가 잃어버렸던 눈이…."

"선, 진정해요."

마란을 따라 들어온 노지가 선에게 다가서며 말했다. 팔짱을 낀 채 못마땅한 표정으로 선을 노려보던 마란은 이기를 향해 고개를 돌리고는 한쪽 눈썹을 추켜올렸다.

"식사 때가 되어서 식당이랑 배급제에 관해 안내해 주려고 찾아갔는데, 둘 다 방에 없더구나. 혹시나 눈을 보러 갔나 해서 원의 연구실에 들렀지. 그런데 원은 혼자 잠들어 있고 다들 여기 모여 있네. 그래, 이해해. 이상한 사람이랑 노는 게 한창 재미있을 나이지. 하지만 눈, 이제 더는 선과 어울리지 마. 우리가 기지를 떠난 뒤에 선은 완전히 미쳐 버렸어. 제정신이 아닌 사람의 말 같은 건 귀담아들을 필요 없단다."

"제정신이 아닌 사람보다 거짓말하는 사람을 믿는 게 낫다는 건가요?"

도나가 마란의 자세를 흉내 내며 양팔을 꼬았다.

"거짓말? 무슨 거짓말?"

"당신이 눈을 배에 태웠죠? 눈이 잠든 사이 눈을 배에 실어 보냈잖아요!"

"마란이… 눈을 버렸어? 버렸어! 마란이 눈을 버린 거야! 내 부탁을 안 들어줬어!"

선이 손바닥으로 무릎을 팡팡 치며 소리 질렀다.

"시끄러워!"

마란이 맞받아 소리쳤다.

치료제, 백신 그리고 바이러스

"마란, 이게 다 무슨 말이에요?"

선을 다독이던 노지가 마란을 향해 물었다.

"눈을 몰래 배에 옮겨 실었다니… 그럼 나한테 한 말은 다 거짓말이었나요?"

"쓸데없는 생각 하지 마, 노지."

"원에게 시달리는 눈이 가여워서, 원을 반성하게 만들려고 눈을 잠시 데리고 나갔던 거라고 했잖아요?"

짙은 불신감이 노지의 얼굴에 드리웠다. 마란은 고집스럽게 입을 다물고 아무 대꾸도 하지 않았다. 마란 대신 입을 연 사람은 선이었다.

"아니야, 아니야. 마란은 눈에게 관심이 없어. 마란이 그랬어. 나한테만 관심이 있다고. 그건 날 좋아한다는 뜻일까? 모르겠어. 마란은 나한테도 가끔 무섭게 구니까. 근데 친절할 땐 엄청 친절해. 그날도 마란은 나한테 친절하게 굴었어. 그래서 부탁한 거야. 눈을 데리고 기지 밖으로 나가 달라고. 그럼 원을 막을 수 있다고. 원은 눈이 없으면 아무것도 못 하거든. 맨날 짜증만 내. 두통도 심하고 잠도 못 자니까. 그래서 연구를 하나도 못 해."

"선, 왜 그런 부탁을 했어요? 원이 연구하는 걸 왜 방해하려고 한 거예요?"

이기가 조심스럽게 물었다.

"시간을 늦춰야 했어…. 그래…. 나한텐 시간이 필요했어…. 내가 어떻게든 뭔가 방법을 찾을 때까지… 원이 적맥인병 치료제를 개발하지 못하게…."

선은 열 손가락으로 머리를 긁으며 중얼거렸다. 손가락을 움직일 때마다 머리카락 속에 박혀 있던 잡동사니들이 우수수 떨어져 내렸다. 도나가 기가 찬다는 표정으로 물었다.

"말도 안 돼. 적맥인병 치료제가 간절한 사람이 얼마나 많은지 알아요? 왜 그렇게 중요한 연구를 막으려고 한 거예요?"

도나의 힐난에 선이 머리를 긁던 손을 옮겨 와 둥그런 얼굴을 가리고 외쳤다.

"다 죽이려고 하니까! 하계가! 다! 죽이려고!"

하계가 모두를 죽이려 한다고? 이기는 가장 먼저 도나와 눈을 마주치고는 차례대로 눈과 노지를 향해 시선을 옮겼다. 다들 적잖이 놀란 표정이었다. 선의 말을 듣고 놀라지 않은 사람은 마지막으로 이기의 눈에 들어온 사람, 마란뿐인 듯했다.

"원이 연구하는 적맥인병 치료제는… 개발에 성공하기만 한다면 엄청난 결과를 가져올 거야. 적맥인병 치료제를 기반으로 순혈인을 위한 보호제를 만들 수 있으니까. 하지만, 하지만…."

"하지만?"

"그걸로 좀비와 적맥인을 제거하는 바이러스를 만들 수도 있지."

"하아, 선…."

모두 놀란 나머지 입을 떼지 못하고 있는데 마란 혼자 골치 아프다는 듯 이마를 짚으며 한숨을 내쉬었다. 아마도 마란은 선이 말하고자 하는 진실을 이미 다 알고 있는 것 같았다. 그리고, 선이 진실을 말하는 것을 원치 않는 듯했다.

"그럼… 치료제가 보호제가 될 수도 있고 바이러스가 될 수도 있다는 말이에요?"

이기의 질문에 선이 고개를 끄덕였다. 그때였다.

"바이러스…?"

뒤편에서 떨리는 목소리가 들려왔다. 그 목소리의 주인공은 막 잠에서 깬 듯 부스스해 보이는 원이었다. 어느새 선의 방에 들어선 원은 마란을 제치고 앞으로 걸음을 내디디며 선에게 물었다.

"내가 만드는 치료제가 바이러스가 될 수 있다고?"

원의 좁은 턱이 미세하게 진동했다. 잠에 취했던 허연 낯빛이 충격으로 깨어나고 있는 듯했다. 원은 정말 몰랐던 걸까? 자기가 만드는 치료제가 어떤 방향으로 발전할 수 있는지 전혀 예측하지 못했을까? 이기는 원의 표정을 세심히 살폈다. 몰랐던 척 연기를 하는 것 같지는 않았지만, 확신할 수는 없었다.

선은 원을 쳐다보지 않고 대답했다.

"바이러스로 만들 수 있지. 만들 수 있댔어. 하계는 다 알고 있었어."

선의 시선이 불안정하게 이기와 도나, 눈과 노지 사이를 오갔다.

"아니, 하계의 어머니가 다 알고 있었지. 하계의 어머니, 한 박사는 엄청난 천재였거든. 원이랑 나랑 하계를 다 합쳐 놓아도 못 이길 만큼. 한 박사는 적맥인병 치료제를 바탕으로 순혈인을 위한 보호제를 꼭 만들어야 한다고 유언을 남겼어. 자칫 잘못하면 치명적인 바이러스가 될 수 있으니 주의하라고 당부하면서, 하계에게 어떤 방향으로 개발해야 하는지 힌트도 남겼지. 그 힌트를 아는 사람은 하계뿐이야. 하지만 하계는 어머니의 유언을 따를 생각이 전혀… 전혀 없어."

"하계가 보호제 대신 바이러스를 만들려고 하는군요?"

노지가 물었다. 고개를 마구 끄덕이는 선의 말이 점점 빨라졌다.

"하계가 막 소리쳤어. 자기 엄마 사진을 띄워 놓고 이렇게 막 소리쳤어. 왜 애꿎은 순혈인이 보호제를 맞아야 하지? 그냥! 간단하게! 좀비와 적맥인만 없애 버리면 되잖아! 내가 다 들었어. 하계 책상 밑에서 다 들었어. 그날 뭘 보고하러 갔더라…. 아무튼 뭔가 말하려고 하계 방에 갔다가 창문 암막 장치가 꺼져 있어서, 사방이 너무너무 밝아서, 진짜 진짜 무서워서 책상 아래 숨었거든. 근데 그때 하계가 들어와서 혼자 중얼거리다가 소리치다가 막 화를 내다가, 그러더니 다시 밖으로 나가 버렸어."

이기는 이해할 수 없었다. 보호제와 바이러스 가운데 바이러스를 선택하는 사람이 있다니. 바이러스 때문에 모두가 고통받는 세상에 살고 있으면서 어떻게 또 바이러스를 개발할 생각을 한단 말인가. 도무지 이해가 가지 않는, 참담하기 그지없는 선택이었다. 차라리 헛소리였으면. 선이 자신의 공상을 횡설수설 늘어놓은 것이었으면.

그때 마치 이기의 마음을 꿰뚫어 본 것처럼 노지가 말했다.

“가끔 선의 말에 조리가 없긴 하지만… 선은 절대로 거짓말은 안 해.”

눈도 노지의 말에 동의한다는 듯 이기를 향해 고개를 끄덕여 보였다. 그러자 믿을 만한 사람들의 보증을 받았으니 선이 한 얘기를 의심할 필요가 없다고 생각한 듯 도나가 벌컥 화를 냈다.

“아, 진짜…. 하계는 도대체… 어떻게 사람이 그래?”

도나에 이어 원도 얼굴이 벌겋게 달아오른 채 성을 냈다.

“말도 안 돼…. 내 치료제가 어떻게…. 이제 개발도 거의 다 끝나 가는데. 눈이 돌아오자마자 머릿속 퍼즐이 맞춰지는 것 같았단 말이야. 그야말로 성공하기 일보 직전이라고. 그런데 내 치료제가 바이러스로 발전할 수 있다고? 내가 어떻게 그걸 알아차리지 못했지?”

“나도 밤낮으로 고민했어. 어떻게 해야 바이러스가 아닌 보호제로 발전시킬 수 있지? 난 시간이 필요했어. 생각할 시간이….”

이번에도 선은 원의 시선을 피하며 대꾸했다.

“그래서 마란에게 눈을 데리고 잠시 기지를 떠나 달라고 부탁한 거군요?”

도나가 마란을 째려보며 선에게 물었다. 선은 잔뜩 인상을 구기고 서 있는 마란을 힐끔거리며 은근히 고개를 끄덕였다. 그 모습을 지켜보던 원이 선에게 따지듯 목소리를 높였다.

"그런데 하계가 그렇게 말하는 걸 듣고서도… 왜 나한테 말하지 않았어, 선?"

"나는 원을 믿지 않아. 원은 맨날 나한테 못되게 굴어. 나한테 못되게 구는 사람은 좀비들이랑 적맥인들에게도 못되게 굴 수 있어."

선의 솔직한 발언에 모두의 시선이 원에게 모이자 가뜩이나 벌겋던 원의 얼굴이 더 벌게졌고, 이윽고 귀뿌리까지 시뻘겋게 달아올랐다. 원이 씩씩대며 소리쳤다.

"못되게 굴 수도 있지! 좀 못되게 굴면 어때서? 머리가 아프면 막 화가 난단 말이야."

원의 달아오른 얼굴이 뻔뻔하기 이를 데 없는, 고약한 솔직함으로 반들거렸다.

"그렇다고 싹 다 없어지길 바라는 건 아니라고. 좀비랑 적맥인을 몰살하는 바이러스 같은 걸 개발할 생각은 조금도 없어! 난 아픈 사람들을 위한 치료제를 개발하는, 위대한 과학자가 될 거란 말이야!"

원의 야망을 응원하고 싶어지다니. 이기는 안도했다. 바이러스를 개발할 생각이 없다는 말이 진심이길 바랐다. 이왕 야심을 품을 바엔 널리 이롭게 하는 쪽으로 품는 게 좋지. 비록 그 야심이 개인의 입신양명을 위한 것이라 해도 말이다. 그런데 원의 말에 가장 반색하는 사람은 따로 있었으니, 바로 마란이었다.

"그래, 원. 네가 그렇게 생각한다니 정말 다행이야. 그러니까 일단 적맥인병 치료제 연구를 늦춰 보자. 일부러 그런다는 걸 하계가 눈치채지 못하게, 응? 할 수 있지?"

마란이 원을 어르듯 말하자 노지가 싸늘한 표정으로 마란을 향해 물었다.

"마란, 원한테 그런 말을 하기 전에 본인 입장부터 해명해야 하는 거 아닙니까?"

노지가 침착하게 따졌다. 화를 내지는 않았지만 짚고 넘어가야 할 문제는 결코 그냥 넘어가지 않겠다는 표정이었다.

"맞아. 도대체 왜 눈을 버리고 떠난 거예요?"

도나가 앙칼진 목소리로 노지를 거들고 나섰다.

"하아. 피곤하네, 정말. 난 원래 누굴 돌보는 일 따위 딱 질색이야. 그런데 바이러스니, 몰살이니 하는 선의 말을 듣고 겁이 덜컥 나서 일단은 눈을 데리고 기지를 떠났지. 그렇게까지 힘들 줄 모르고서 말이야. 다들 이거 하나는 알아줘. 나도 해변에 도착하기 전까지는 목숨 걸고 눈을 지켰다고. 그런데…"

"그런데?"

도나가 재촉하자 마란은 외려 느긋한 표정으로 말을 이었다.

"소나무숲에서 열매를 따 먹곤 한숨 푹 자고 일어나니까 이런 생각이 들더라. 선이 눈을 기지 밖으로 내보내려 한 건 원이 적맥인병 치료제를 개발할 수 없도록 막기 위해서였지. 근데 만약 눈이 완전히 사라진다면…?"

"어떻게 그럴 수가 있어, 마란! 어떻게 눈을…!"

갑자기 원이 발악하듯 소리 지르는 통에 다들 깜짝 놀라 어깨를 움찔했다. 눈보다도 왜소한 체구인 원의 가냘픈 몸에서 나올 법한 성량이 아니었기에.

"어떻게! 어떻게!"

원의 눈에 눈물이 그렁그렁 차올랐다.

"원, 네가 그렇게 말할 자격이 있나?"

"그게 무슨…."

"넌 네 두통 때문에 눈을 이용하고 있잖아."

"아니, 아니야. 난 눈을 진심으로…."

원이 말을 잇지 못하고 두 주먹을 불끈 쥐었다. 마란은 바들거리는 원을 향해 코웃음을 치고는, 시선을 옮겨 한 사람 한 사람 차례대로 흘겨보며 이죽거렸다.

"그래. 내가 그랬어. 내가 눈을 버렸지."

"역시 마란 당신이었어!"

이기의 생각이 맞았다. 열매를 먹고 잠에서 깨어나지 못한 눈을 마란이 몰래 배로 옮겨 놓았던 것이다. 아마도 우 씨 아저씨는 오아나의 해변에 배를 대고 쉬고 있었던 터라 눈치채지 못했을 것이다. 잠에서 깬 눈은 화들짝 놀라서 고 작은 몸을 배의 구석진 곳에 숨기고 두려움에 떨었겠지. 가엽게도.

"진실을 알게 되어서 좋니? 그렇다고 너희가 뭘 어떻게 할 수 있는데? 하계에게 이르려고? 그럼 지금 너희가 알게 된 것도 다 말해야 할 텐데? 하계가 자기 계략을 다 알아 버린 너희를 가만히 둘까?"

"가만히 안 두면 뭘 어쩔 건데!"

"흥."

마란이 다 알면서 왜 그러냐는 투로 콧소리를 냈다. 다들 머릿속으로 앞날을 가늠하느라 주춤거리고 있을 때, 마란이 다시 의기양양한 태도로 말을 이었다.

"원이 이렇게 기특한 생각을 한 이상, 우리는 원의 뜻에 따르면 돼. 다들 방금 원이 한 말 들었잖아? 바이러스 따위 만들 생각 없다고 한 거 말이야. 그럼 된 거지. 바이러스를 만들 생각이 없다면 그냥 손쉽게 적맥인병 치료제를 안 만들면 되는 거야. 그럼 하계가 적맥인병 치료제를 가지고 장난질 칠 수 없을 테니까."

마란이 이기와 도나, 노지를 쳐다보며 말을 이었다.

"어차피 여기 있는 적맥인들은 아직 적맥인병에 걸리지 않았잖아? 적맥인병은 접종 한 번으로 발병을 예방할 수 있는 게 아니야. 지속적으로 백신을 맞아야 한다고. 노지, 너도 저 밖에서 적맥인병에 걸린 사람을 수없이 봐 왔지. 좀비보다 못한 삶을 사는 사람들 말이야. 좀비들은 자의식이 없으니 아무것도 못 느끼겠지만 우리는 달라. 적맥인병에 걸리면 모든 고통과 수치심, 자괴감을 느끼면서 죽어 가야 한다고. 설마 너도 그렇게 죽고 싶은 건 아니지? 원이 치료제 개발을 하지 않아도 우린 안정적으로 백신을 맞으며 살 수 있어."

마란은 틀렸다. 적맥인병에 걸린 사람들이 수치심과 자괴감을 느끼며 죽어 간다는 건 마란이 품은 혐오와 두려움에서 비롯된 편견이었다. 엄마를 보았다면 그런 말은 못할 텐데. 혹은 아픈 사람들에게 다가가 조금만 관심을 가지고 이야기를 나누어 보았더라면 그리 쉽게 단정짓지는 못했을 것이다. 이기가 마란의 무지함과 나약함에 대해 생각하고 있을 때 도나가 큰 목소리로 대꾸했다.

"마란도 잘 알고 있네요! 저 밖에는 적맥인병에 걸린 사람이 수없이 많다고요!"

도나의 말이 옳다. 적맥인병 치료제로 구할 수 있는 사람이 얼마나 많단 말인가. 그렇게 구할 수 있는 수많은 사람 중에는 엄마도 있다. 나의 엄마, 이령. 그러니 방법을 찾아야 했다.

"그게 나랑 무슨 상관인데?"

마란이 양 눈썹을 시옷 자로 만들며 어깨를 으쓱해 보였다.

"기지에 사는 적맥인들이 공짜로 적맥인병 백신을 얻는 줄 알아? 약해 빠진 순혈인들을 지키느라 아귀처럼 발광하는 좀비 떼랑 싸우는 게 쉬운 일 같냐고. 게다가 적맥인병 백신은 아이를 가질 수 없다는 부작용까지 있어. 그런데도 공동 양육이라는 명목하에 애들까지 돌봐야 한다고. 내 애도 아닌, 순혈인의 아이를! 이 모든 걸 다 감수하는 사람만이 백신을 맞을 수 있는 거야. 다 내 노력, 내 인내로 얻은 거라고. 나는 여태껏 오직 내 힘으로 살아남았어. 누구 하나 날 도와주거나 조언해 준 사람이 없었지. 그런데 왜 내가 적맥인병에 걸린 사람들을, 그것도 생판 모르는 사람들을 걱정해 줘야 해?"

마란은 자기 연민으로 가득 찬 이기심을 드러내는 데 거리낌이 없었다.

"마란… 마란…. 마란도 나쁜 사람…."

갑자기 선이 양손으로 자기 귀를 때리며 제자리에서 빙빙 돌기 시작했다. 그러자 원이 선의 소란스러움을 견딜 수 없다는 듯 관자놀이를 짚으며 소리쳤다.

"그만해, 선! 선 때문에 또 두통이 생기려고 하잖아!"

원은 충혈된 눈으로 마란을 쏘아보며 한마디, 한마디 힘주어 말했다.

"마란! 당신은 나를 모욕했어. 나는 사명감을 가지고 적맥인병 치료제를 연구하고 있어. 나한테 개발하라 마라 하는 건 날 모욕하는 거라고."

마란의 코웃음에도 굴하지 않고 원은 계속 따박따박 말을 이어 갔다.

"하계도 마찬가지야. 하계야말로 날 모욕했어. 언제나 그럴듯한 말로 끊임없이 날 고취해 놓고는… 나만이 적맥인병 치료제를 만들 수 있다고, 그러면 세상 사람들이 모두 나를 칭송하고 존경할 거라고, 역사에 길이 남을 위대한 과학자가 될 거라고 했으면서! 뒤로는 내 업적을 가로채서 끔찍하기 그지없는 걸 만들려고 한 거잖아!"

감정이 치밀어오른 원은 한참 씩씩대다가 다시 입을 열었다.

"가만…."

원이 자못 진지한 표정을 지었다.

"그러고 보니 적맥인병 치료제가 바이러스를 만드는 기폭제가 될 수 있다는 사실도 생각 못 했지만, 순혈인을 위한 보호제가 될 수 있다는 것도 역시 생각 못 했어. 지금까지 보호제는 완전히 다른 시스템으로 개발해야 한다고 생각했는데…. 치료제가 보호제로 거듭나려면 필요한 게 뭘까? 뭐가 있어야 가능할까. 분명 뭔가 있을 텐데….”

원의 눈동자 위로 총기 어린 빛이 점멸했다. 빠르게 머리를 굴리고 있는 듯했다. 이기는 숨을 죽이고 원을 지켜보았다. 이윽고 퍼뜩 무언가 생각난 듯이 표정이 밝아진 원이 짐짓 목소리를 내리깔며 중얼거렸다.

“안 되겠어. 이대로 있을 수는 없어.”

말이 끝나기 무섭게 원이 몸을 돌리고 뛰어나갔다. 아무도 예상하지 못한 행동이었다.

“뭐야. 어디로 가는 거야?”

“설마 하계한테?”

“원! 안 돼!”

모두 당황해서 황급히 원의 뒤를 따랐다. 하지만 승강기 문을 열고 뛰어 들어간 원은 재빨리 문을 닫아 버리고는 혼자서 기지의 꼭대기로 향했다.

이기 일행이 뒤늦게 하계의 방에 도착했을 때 원은 이미 하계와 대치 중이었다. 반투명 암막 시설 탓에 스산한 어둠을 품고 있는 실내. 눈에 보이지 않지만 선명히 느껴지는 대립의 기운 때문일까. 아니면 진정 중요한 순간이 다가왔다는 직감 때문일까. 이기는 자기도 모르게 허리춤의 보드를 매만졌다.

“하계! 날 속였지! 나를 이용해서 끔찍한 바이러스를 만들려고 했어!"

이기 일행을 힐끗 쳐다본 하계가 피식 웃으며 놀리는 투로 말했다.

"이런, 원. 그사이 친구들을 사귄 건가. 네 친구는 나밖에 없는 줄 알았는데 말이다."

"무, 무슨 소리야! 나한텐 하나밖에 없는 쌍둥이 형제 눈이 있는데!"

"눈은 그저 너의 두통약 같은 존재 아니던가."

"왜 다들 그렇게 말해! 아니야! 아니라고! 눈은 나한테 가장 소중한 사람이야!"

원은 금방이라도 울음을 터뜨릴 것 같은 표정을 하고서 눈을 쳐다보았다. 믿어 달라고, 자기 진심을 믿어 달라고 떼쓰는 듯한 표정이었다. 원과는 딴판으로 더없이 평온한 얼굴을 한 눈을 보며 이기는 생각했다. 그러고 보니 눈은 줄곧 이런 표정이었던 것 같아. 원을 바라보는 눈의 얼굴은 이상하리만큼 유독 평온해 보였다. 인정하기 싫어도 인정해야 하는 걸까. 저 말도 안 되는 응석받이 원이 눈에게 각별한 존재라는 사실을. 어쩌면 눈과 원은 타인이 이해할 수 없는 방식으로 서로 간의 균형을 맞추고 있는 건지도 모른다.

"하계… 하계…. 왜 다 없애 버리려고 해? 적맥인은 우리를 지켜 주는 사람들이고, 순혈인을 위한 보호제를 개발하면 좀비들도 더는 우리를 해치지 못할 텐데…. 왜?"

원이 주춤한 사이 하계를 향해 더듬더듬 질문을 던진 사람은 선이었다. 하계는 싸늘한 표정으로 대꾸했다.

"순진해 빠졌군."

선을 완전히 무시하는 듯한 태도였다.

"어디 한번 들어 볼까. 너희는 왜 우리를 지키지?"

선을 외면한 하계가 대뜸 마란과 노지를 향해 물었다. 노지는 대꾸할 생각조차 없어 보였지만, 마란은 대답을 할 듯 말 듯 입술을 달싹이며 머뭇거렸다.

"당연히 적맥인병 백신 때문이겠지."

하계는 마란의 대답을 기다리지 않고 스스로 대답을 내놓았다.

"우리가 적맥인들에게 휘두를 수 있는 힘은 그것뿐이다. 좀비들이 우리를 공격하지 않는 날이 온다 해도, 적맥인들이 우리보다 신체적 능력이 월등히 뛰어나다는 사실은 변하지 않아. 그게 잠재적으로 얼마나 위험한 일인지 아나, 선?"

하계는 그제야 선을 향해 시선을 던졌다. 하지만 그런 하계에게 선은 아무 말도 하지 못했다.

"그래서 다 없애 버려야 한다고요? 적맥인이 순혈인보다 힘이 세서? 당신이 지금 무슨 말을 하는 건지 알아요? 그게 얼마나 무서운 생각인지 아냐고요. 인간이 어떻게…."

도나가 참지 못하고 발끈했다.

"인간? 그래, 좋은 지적이다. 인간, 순수한 인간. 나는 인간의 순수함을 지키고 싶은 거다. 순수하기 그지없는 순혈인의 혈통을. 저 바깥의 좀비는 물론이고 너희 적맥인 또한 모두 감염된 존재지. 전혀 순수하지 못하다. 이십오 퍼센트나 되는 확률로 적맥인병에 걸리는 것만 봐도 얼마나 비정상적이고 망가진 생명체인지 알 수 있지 않은가?"

가면을 쓴 것처럼 느껴지던 하계의 얼굴 위로 생생한 감정이 꿈틀거렸다. 하계는 마란이 적맥인병에 걸린 사람들을 혐오하는 것 이상으로 적맥인과 좀비를 혐오하고 있었다. 지금까지는 적맥인의 도움을 받아야 했기에 혐오감을 숨겨 온 거겠지. 이기는 마란을 보듯 하계를 보았다. 겁 많은 천성을 타인을 배척하는 행위로만 달랠 수 있는 비루하고 졸렬한 존재. 자기와 다른 사람들을 포용하는 공부에는 한없이 게으른 헛똑똑이. 이런 자들은 자신의 악취나는 감정을 기회만 생기면 언제고 드러내기 마련이다.

하계는 그때가 바로 지금이라는 듯이, 더는 참을 수 없다는 듯이 두 팔을 펼쳐 보였다. 자기 생각에 도취된 것 같은 얼굴이었다.

"순혈인들만이 이 세계를 다시 일으킬 수 있다. 새로운 세계는 순혈인으로부터 시작되어야 해. 순혈인만이 온전한 인간이라 할 수 있…."

"헛소리!"

내내 잠자코 있던 노지가 하계의 말을 끊어 버렸다.

"하계, 난 오늘부로 계약을 파기합니다. 애초에 누군가를 돕는 게 좋아서 기지에 머무른 거지, 적맥인병에 걸리는 게 무서워서 당신들을 도운 게 아니니까요."

냉정한 듯하지만, 그 속에는 온기와 열정을 품고 있을 것만 같은 목소리였다. 이기는 새삼 노지의 목소리가 참 듣기 좋다고 생각했다.

"왜 그래, 노지. 원이 연구를 안 하겠다고 했잖아. 그럼 된 거지. 응?"

당황한 마란이 노지를 달래려 애썼지만 노지는 단호한 표정을 하고 마란을 외면했다. 마란은 바로 태세를 전환하여 하계를 향해 읍소했다.

"하계, 전 남을 거예요. 다른 적맥인들도 저와 같은 생각이에요."

조금 전 하계가 뱉어 낸 망언을 다 듣고도 곁에 남겠다는 말이 나오다니. 게다가 다른 적맥인들도 같은 생각이라니. 황당해하는 이기의 시선에 노지의 시선이 겹쳤다.

아니야, 노지 같은 적맥인도 많을 거야. 다만 말하지 못했을 뿐, 노지처럼 생각하는 이들이 더 많을 거야. 이기의 추측이 맞다고 알려주듯 노지가 믿음직스러운 눈빛을 보내 왔다.

“계약에 충실한 적맥인에게는 꼬박꼬박 백신이 제공될 거다, 마란.”

적맥인병 백신만 가지고 있으면 무슨 짓을 하든 결국엔 다 용납될 수 있다고 여겼던 걸까. 하계는 그럴 줄 알았다는 듯 만족스러운 표정으로 고개를 끄덕였다.

“단, 확실히 약속해 주셔야 해요. 바이러스 개발을 하지 않겠다고. 우리를 안심하게 만드는 방법은 적맥인병 치료제를 만들지 않는 거예요. 원이 적맥인병 치료제 연구를 멈춰야만….”

“마란! 내 연구를 두고 이래라저래라 하지 말랬지!”

마란을 향해 버럭 화를 낸 원은 곧바로 하계를 노려보며 말했다.

“하계. 하계는 나를 너무 과소평가했어. 나 같은 천재를 이용해 먹을 수 있을 거라 생각했다니.”

“무슨 소리. 내가 널 너무 과대평가했지. 적맥인병 치료제 개발에 이렇게 시간이 걸릴 줄이야.”

“그… 그건 눈이 사라지고 두통이 심해져서 속도가 안 났던 거지! 이제 거의 다 완성했다고!"

하계가 못 믿겠다는 듯이 인상을 찌푸리며 비웃었다. 일부러 원을 자극하고 있는 게 분명했다. 이기는 마란을 힐끗 쳐다보았다. 하계 같은 자를 어떻게 믿을 수 있는지, 저자가 하는 말을 어떻게 신뢰할 수 있는지 아무리 생각해도 이해할 수가 없었다. 하계는 편협하고 망령된 신념에 사로잡힌 인물이었다. 그 믿음으로 헤아릴 수 없는 잔혹한 일을 꾸며 왔고, 앞으로도 사람들을 기만하며 농락할 것이다. 마란의 눈을 속여 가며 몰래 적맥인병 치료제를 만들지 않으리란 보장이 없지 않은가. 설령 들킨다 해도 또다시 뻔뻔하고 가증스럽게 나올 터였다. 심지어 하계는 아직 확실하게 치료제 개발을 하지 않겠다고 공언하지도 않았다. 이렇듯 대놓고 우롱하고 있는데도 마란은 여전히 눈앞의 이익을 위해 하계와 손을 잡겠다고 하는 것이다.

"하계가 믿든 말든 내 치료제는 완성 일보 직전이야."

씩씩대던 원이 분을 가라앉히고 다시 발칙하게 야죽댔다.

"솔직히 궁금하지, 하계? 궁금해서 미칠 거 같지?"

못마땅한 표정과 흥미로워하는 표정이 섞여, 하계의 코허리에 가는 주름이 생겼다.

"사실 난 하계가 왜 나를 과소평가했는지 알아. 하계는 자기 엄마, 한 박사를 과대평가하는 경향이 있거든."

"내 어머니는 인류 역사상 가장 뛰어난 두뇌를 가진 천재셨다. 함부로 말하지 말…."

"흥. 하계가 말하는 혈통, 알고 보면 별거 아니잖아? 한 박사는 그렇게 뛰어났는데, 하계는 왜 그 반의반도 못 따라가지?"

"원, 너…!"

하계가 어찌나 벌컥 성질을 내는지, 깊어진 코허리의 주름이 코를 반토막 낼 것만 같았다.

"하계는 한 박사의 힌트만 믿고 있잖아. 적맥인병 치료제를, 순혈인을 위한 보호제로도 만들 수도 있고 적맥인과 좀비를 몰살하는 바이러스로 만들 수도 있는 힌트. 하계 머리로는 절대로 생각해 내지 못했을 그 힌트 말이야."

"그래…. 잘 알고 있군. 그 힌트는 나만 쥐고 있지. 내가 어머니의 천재성을 전부 물려받진 못했지만, 어머니의 위대한 유산만큼은 확실히 물려받았다. 나에게만 남긴 그 비밀 말이야. 원, 네가 적맥인병 치료제를 만들어도 그걸 보호제로 발전시킬지, 바이러스로 발전시킬지 결정할 수 있는 사람은 나밖에 없다."

어머니의 유산을 떠올린 하계는 다시 마음이 진정된 듯 표정을 펴며 오만하게 말했다.

"이래도 혈통이 중요하지 않다고? 출신이라는 게 얼마나 중요한 건지 너처럼 머리 좋은 아이한테 일일이 설명해 줘야 하나?"

이기는 절레절레 고개를 저었다. 핏줄이나 신분이 뭐 그리 대단한 거라고. 하계를 보니 그걸 의식하는 게 얼마나 위험한지 알 것만 같았다. 순혈인에 대한 하계의 그릇된 자부심도 결국 긍지를 넘어선 교만과 집착에서 비롯된 것이 아닌가. 문득 테가 떠올랐다. 강한 자만이 살아남을 자격이 있다고 했던 테와 달리 하계는 대대로 유무형의 유산을 물려받은 자만이 계급의 꼭대기를 누릴 자격이 있다고 생각하는 게 분명했다. 그럼에도 둘은 비슷한 구석이 있었다. 바로 차별과 억압을 통한 군림을 꿈꾼다는 것. 누군가를 짓밟아야만 안전해질 수 있다고 맹신하는 것.

"뭐 하나 물려받았다고 우쭐하기는!"

이기의 심정을 대신하여, 도나가 소리쳤다.

"거저 받은 게 많을수록 겸손해야지. 혈통이니 출신이니 유산이니 헛소리하는 거 정말 더는 못 들어 주겠네."

"이, 이 맹랑한…!"

매서운 눈빛으로 도나에게 다가서는 하계를 막아선 건 노지였다. 노지가 앞에 나서자, 마란이 노지를 막고 섰다. 두 사람이 팽팽하게 대립하는 가운데 원이 팔짱을 끼고 느긋한 목소리로 물었다.

"왜 하계만 알고 있다고 생각해?"

"뭐?"

"하계의 수준으로는 생각해 낼 수 없는 방법이니까 남들도 모를 거라 생각하는 건가? 그렇다면 어쩌지. 적맥인병 치료제가 바이러스뿐 아니라 보호제를 만드는 기폭제가 될 수 있다는 말을 들은 순간, 이미 내 머릿속에 탁! 하고 불이 켜졌는데."

"그게 무슨…."

"나는 항상 하계를 앞섰으니까. 하계보다 더 적은 힌트만으로도 방법을 찾을 수 있다는 말이야."

불안함으로 일그러진 하계의 얼굴을 확인한 원이 씩 웃어 보였다.

"내 예측으로는… 내가 적맥인병 치료제를 개발해 낸다고 가정하고, 아니 물론 조만간 반드시 개발에 성공할 거지만 말이야. 아무튼, 치료제를 맞은 사람들 몸에 뭔가가 생성될 거야. 아주 중요한 두 가지가. 그렇지 않고는 치료제로 보호제와 바이러스 둘 다 개발할 수 있다는 게 말이 안 되거든."

"생성? 뭐가 생성되는데?"

도나가 물었다.

"하나는 일종의 암 같은 비정상 세포야. 바이러스에 저항력을 가진 면역체를 공격하는 세포."

"뭐? 그럼 위험한 거 아니야?"

"순혈인에게는 위험하지만 적맥인에게는 나쁠 게 없어. 순혈인 입장에서 적맥인은 면역 체계가 완전히 무너진 존재인데, 사실 과학적으로 보자면 무너졌다기보다는 재구성되었다고 보는 게 맞거든. 그래서 적맥인의 몸에선 이 세포가 힘을 별로 못 써. 그래서 난 치료제를 맞은 적맥인들 몸에서 이 세포가 생성될 거라는 걸 이미 데이터를 통해 예측하고 있었지만 딱히 주의를 기울이지 않았어. 하지만 한 박사는 이 세포에 분명 관심을 가졌을 거야."

"왜?"

"치료제를 맞은 사람들 몸에서 생성될 다른 하나 때문이지. 하계가 가장 원하는 것이기도 하고. 내 말이 맞지, 하계?"

"원 네가, 그것까지 알아챘다고?"

하계의 표정이 순식간에 일그러졌다. 원은 피식 웃음을 흘리며 대꾸했다.

"하계는 정말 날 과소평가한다니까. 뭐, 나도 뒤늦게야 알아챘지만 말이야. 그래도 이 정도면 한 박사도 감탄할걸? 치료제로 보호제와 바이러스 둘 다 개발할 수 있다는 힌트와 치료제를 맞은 적맥인의 몸에서 악성 세포가 생성될 거라는 데이터를 연관지어서 특이 바이러스가 생성될 거라는 걸 역으로 추리해 냈으니까."

"특이 바이러스?"

"응. 바이러스이긴 한데, 무해한 바이러스지. 실제로는 아무런 기능도 하지 않지만 뭔가를 실어나를 수 있는 바이러스. 적맥인병 치료제가 유전자를 재구성하면서 만들어 내는 부산물인데, 조작하기에 따라서 끝내주는 운반 수단이 될 수 있어. 사람 몸속에서 표적을 겨냥해서 이동할 수 있고, 사람에서 사람으로 무제한 이동할 수도 있는 바이러스 껍질이라고나 할까. 한 박사는 이 바이러스 껍질의 존재를 예측해 냈던 거야. 그래서 여기에 뭘 싣느냐가 문제라고 여겼던 거지."

"뭘 싣느냐에 따라 치명적인 바이러스도 될 수 있고 사람을 돕는 보호제도 될 수 있다는 말이야?"

이기가 물었다.

"좀비만 몰던 것치고는 이해가 빠른데?"

"지금 좀비몰이꾼을 무시하는 거야, 꼬맹이?"

도나를 말 그대로 무시하며, 원이 이기를 향해 다시 말을 이었다.

"바로 그 바이러스 껍질이 있어야만 보호제와 바이러스 둘 다 개발할 수 있어."

"바이러스는 그렇다고 쳐도 보호제는 어떻게 만드는데?"

"바이러스 껍질을 이용해 순혈인의 몸속에서 표적으로 삼을 게 뭐겠어? 바로 유혈년 세상을 잠식했던 좀비 바이러스에 저항력을 가진 면역체지. 좀비들을 자극하는 순혈인들의 면역체 말이야. 좀 전에 말한 악성 세포를 바이러스 껍질에 실어서 정확히 좀비 바이러스에 저항력을 가진 면역체만 공격하게 만들면 순혈인 보호제가 되거든. 좀비들이 순혈인을 공격하는 원인을 없애서 보호제를 만드는 거지. 물론 하계는 그걸 원하지 않았을 거야. 하계가 원한 건 오직 바이러스 껍질뿐이었어. 거기에 치명적인 병원체를 실어 적맥인과 좀비를 표적 사냥 하려고 했지. 순혈인만 남기고 싹 다 없애 버리려고 말이야."

"도대체 왜 그렇게까지 하려고 한 겁니까, 하계?"

노지의 물음에 하계가 어깨를 부들부들 떨며 입을 열었다.

"면역체는 순혈인 고유의 것이야! 보호제 따위로 그걸 건드려? 말도 안 되지!"

"겨우 그런 이유 때문에 적맥인과 좀비를 몰살시키려고 했다니…."

이기의 입에서 절로 무거운 탄식이 흘러나왔다. 하계가 그토록 순혈인을 위한 보호제에 거부감을 느꼈던 이유는 결국 순혈인의 면역체를 건드리는 순간 순혈인만이 순수한 인간이라는 주장이 설득력을 잃게 되기 때문이었다.

"하계는 우리의 기술을 자신의 엉터리 믿음을 위해 써먹으려고 했어. 하지만 난 아니야. 나에게 과학은 고작 그따위 명분을 위한 도구가 아니라고. 나에게 과학은…"

잠시 말을 멈춘 원이 눈을 향해 고개를 돌리며 말을 이었다.

"눈과 같은 거야. 눈이 나를 지켜 주듯 나도 세상을 지키고 싶어."

"짜식, 생각보다 괜찮은 구석이 있다?"

놀리듯 칭찬하는 도나에 이어 선이 손바닥이 벌개지도록 박수를 치며 소리쳤다.

"원! 원 말이 맞아! 원 말이 다 맞아! 나도 이제 머릿속에 그려진다! 어떻게 그렇게 추리해 낸 거야! 원, 대단해! 원은 정말 대단해!"

"당연히 난 대단하지! 뭐 어쨌건 중요한 건 적맥인병 치료제를 맞은 사람들이야. 치료제를 맞은 몸에서 생성된 바이러스 껍질과 세포가 있어야 하니까."

이기의 얼굴에 화색이 돌았다. 만약 엄마가 치료제를 맞는다면 엄마의 몸에서 생성된 무해한 바이러스가 세상을 좀 더 나아지게 만들 것이다. 생각만 해도 기분 좋은 일이었다.

"그뿐만이 아니야. 이 바이러스 껍질을 이용해서 할 수 있는 일은 무궁무진하다고. 벌써 막 머릿속에 그려지는걸. 물론 이게 다 내가 적맥인병 치료제를 개발해야 가능한 거지."

"원은 할 수 있어! 원은 반드시! 할 수 있어!"

원을 응원하듯, 선이 활짝 웃으며 제자리에서 쿵쿵 뛰었다. 그러자 선의 머리카락에서 잡동사니들이 튕겨 나왔다. 그 모습을 본 도나가 풋 하고 웃음을 흘리는 순간,

"정말 짜증 나는 천재들이야."

갑자기 마란이 한 손으로 눈의 허리를 낚아채며 눈을 들어 올렸다.

우리의 섬

"내가 분명히 말했을 텐데! 적맥인병 치료제 따위 개발할 생각 말라고!"

마란의 얼굴에 독기가 서렸다. 눈을 향한 그 표정이 섬뜩했다. 불식간에 눈을 빼앗긴 원이 불안함을 감추지 못하고 한 발 앞으로 나서며 마란을 향해 말했다.

"무슨 짓이야, 마란…. 난 바이러스가 아니라 보호제를 만들려는 거라고."

"흥, 그 말을 어떻게 믿어? 네놈들이 우리 적맥인을 위협으로 생각하는 이상 언제고 바이러스를 만들 가능성이 있다는 건데."

정작 믿지 말아야 할 하계의 말은 믿더니, 이제 와서 불신의 기미를 보이는 마란이었다.

"그건 하계 생각이지, 난 적맥인들이 위협적이라고 느끼지 않아!"

애타는 표정으로 다급히 외치는 원에게 마란은 코웃음을 날렸다.

"시끄러워! 그냥 애초에 싹을 잘라 버리는 게 제일 깔끔해. 눈… 눈만 없으면 되는 거야!"

마란은 세상사의 복잡함에 거부반응이 있는 사람처럼 굴었다. 아마도 인생의 어떤 시점부터 복잡함을 헤아리려는 노력을 멈추었으리라.

"눈만 없으면 원 네 그 똑똑한 머리도 소용없겠지!"

마란의 팔에 감긴 눈이 발버둥을 쳤지만 그럴수록 눈의 몸을 조여 오는 마란의 팔심은 더욱 세질 뿐이었다. 마란은 이윽고 결심한 듯이 하계를 쳐다보며 소리쳤다.

"하계! 유리벽을 열어요! 이 지독한 명줄을 가진 꼬마 녀석을 이번엔 아주 제대로 좀비 밥으로 만들어 줄 테니!"

"뭐?"

머뭇거리는 하계에게 마란이 다시 쏘아부쳤다.

"답답하네, 당신이 쥐고 있다는 그 알량한 힌트 따위로 원의 머리를 이길 수 있을 것 같아? 그러니까 그냥 나한테 맡기라고요. 당신은 계속 기지의 수장 노릇을 하면서 우리에게 적맥인병 백신을 공급해 주면 돼요. 어서 창문을 열어요!"

마란의 말에 자존심이 상한 표정으로 원을 노려보던 하계는 얼마 가지 않아 잇속을 다 따져 본 듯 고개를 끄덕였다. 정말 이렇게까지 한다고? 각자의 이기심으로 야합하는 꼴을 보고 있자니 기가 차고 분통이 터졌다.

"눈을 풀어 줘!"

이기가 눈을 향해 한 걸음 내딛자 마란은 경고하듯 눈의 목을 움켜쥐었다. 그때 하계가 손가락을 허공에서 까딱이자, 유리벽이 순식간에 열렸다. 곧바로 거센 바람이 들이치면서 달랑달랑 눈의 몸이 흔들렸다. 일촉즉발의 상황이었다.

"어, 어…. 아니야. 마란, 아니지? 정말로 눈을 밖으로 내던지려는 건 아니지?"

잔뜩 겁먹은 선의 목소리가 마란을 향했다.

"선, 너도 내가 나쁜 사람이라고 했잖아! 그래, 난 나쁜 사람이야! 근데 따지고 보면 사람들은 다 나빠! 궁지에 몰렸을 땐 다 나빠지는 법이라고!"

마란이 창가를 향해 뒷걸음질하며 소리쳤다.

"헛소리 그만하고 눈을 풀어 줘!"

이기의 말에 마란이 어림도 없다는 듯이 턱을 치들었다.

"눈은 돌아오지 말아야 했어. 애초에 너희가 눈을 구해 주는 바람에 이렇게 된 거야."

말도 안 되는 말에 대응하는 건 얼마나 괴로운 일인가. 반박도 침묵도 마란의 헛소리를 상대하기엔 부족한 듯이 느껴졌다. 이기는 뱃속이 부글거리고 머리가 뜨거워지는 것을 느꼈다. 예전에도 이런 적이 있었는데. 불길한 느낌이 들었다.

"이기…?"

심상지 않은 분위기를 느낀 도나가 불안한 표정으로 이기를 쳐다보았다. 이기의 오른쪽 어깨 혈관이 금방이라도 피를 뿜어낼 듯 펄떡거렸다. 통증이 느껴질 정도였다.

"마란!"

느낌이 좋지 않아. 내 안에서 무언가 나쁜 기운이 깨어나고 있어. 이기는 생각했다.

"마지막 인사나 하시지!"

마란이 눈의 몸을 창밖으로 들어올렸다.

"눈!"

뒷덜미를 잡힌 채 바동거리는 눈을 향해 도나가 소리쳤다. 그런데 이기의 눈에는 눈보다 더 선명히 보이는 사람이 따로 있었다. 바로 마란이었다. 살의 가득한 마란의 얼굴이 이기의 눈동자에 기름이 튀듯 쏟아져 들어왔다. 시야가 활활 불타올랐다.

"마란!"

못 참겠어. 저 얼굴이 너무나도 싫어. 화가 나. 도저히 참을 수가 없어.

이기는 이성을 잃고 마란을 향해 달려들었다. 달려들 수밖에 없었다. 눈을 구하기 위해서인지 마란을 응징하기 위해서인지, 어떤 마음이 앞서 있는지도 확실치 않았지만 그저 달려들지 않고는 견딜 수가 없었다. 하지만 마란이 재빨리 발차기로 응수하는 바람에, 이기의 몸은 속절없이 뒤로 나가떨어졌다.

"이기! 괜찮아?"

마치 멀리서 소리치는 것처럼, 도나의 목소리가 아련히 들려왔다. 분노로 정신이 혼미해지면서 귀까지 먹먹해진 탓이었다. 마란의 발길질에 당한 아픔도 거의 느껴지지 않았다. 오직 분노만을 또렷이 느낄 수 있는 상태라 다른 감각이 모두 무뎌졌기 때문이다.

"이기…!"

마란은 꽤 강한 상대였지만 그런 건 그리 중요하지 않았다. 이기는 다시 달려들어 이번엔 양손으로 움켜쥔 보드의 날로 마란을 가격했다. 순식간에 목을 강타당한 마란은 그대로 자빠져 이기의 몸 아래 깔린 채 방 가장자리까지 밀려났다. 벽 하나가 통째로 사라져 뻥 뚫린 창을 통해 바람이 휭휭 들어왔다. 마란의 몸은 허리 아래쪽만 간신히 지면에 닿아 있었다. 마란이 허공에 뜬 상체의 균형을 잡고 버티자 이기는 바로 마란의 멱살을 부여잡았다. 그런데 캑캑대면서도 끝까지 눈을 붙잡고 있던 마란이 한 손으로 눈의 목덜미를 고쳐 잡고는 번쩍 눈의 몸을 들어 올린 채 악을 썼다.

"던져 버릴 거야! 진짜로!"

눈의 팔다리가 공중에서 흔들렸다. 발밑은 아찔한 낭떠러지였다. 마란이 손을 놓으면 눈은 그대로 추락할 터였다. 눈의 입술이 파랗게 질렸다. 하지만 마란은 눈이 얼마나 겁먹었는지 조금도 신경 쓰지 않았다. 이미 한 번 눈을 버린 적이 있으니 두 번째는 더욱 손쉬운 듯했다. 순혈인 하나 제거하는 것쯤은 대수롭지 않게 생각하는 것이 분명했다.

"눈을 던지고도 마란 당신이 무사할 것 같아!"

마란은 자기가 살기 위해서라면 순혈인뿐 아니라 적맥인도 서슴지 않고 제거하겠지. 그 전에… 내가 마란을 제거하고 싶다. 내 손으로 제거하고 싶어. 다시 이기의 피가 온몸에서 요동쳤다. 밖에서 불어오는 거센 바람도 이기의 몸을 식혀 주지 못했다. 뜨거워. 뜨거워. 심장이 폭발할 것 같아.

"후후…."

그런 이기의 상태를 눈치라도 챘는지 마란이 비릿한 웃음을 흘렸다.

"이기 너도 나랑 똑같아. 너도 결국 다를 게 없다고. 지금 너에게 중요한 게 뭐야? 눈을 구하는 거? 아니면 나를 해치는 거?"

"나는…!"

거친 바람이 몰려와 이기의 머리카락을 흩트렸다. 이기는 빨갛게 충혈된 눈으로 마란을 내려보았다.

"날 해치고 싶지? 날 제거할 수만 있다면 눈과 내가 함께 떨어져도 상관없지?"

마란의 목에서 나오는 날카로운 쇳소리가 천 개의 바늘처럼 머리를 찌르듯 파고들었다. 이기는 차마 눈을 쳐다볼 수가 없었다.

"네 본성을 거스르지 마. 착한 척하지 말라고. 순혈인 따위는 대가가 있을 때만 지켜 주는 거야."

"그만해!"

마란의 얼굴도, 목소리도 더는 마주하고 싶지 않았다. 그 듣기 싫은 목소리가 전하는 말을 귀에 담고 싶지 않았다. 마란의 말에 귀 기울이다 보면 황포함에 휘둘리는 자신을, 눈의 안전을 바라기보다 마란의 처단을 욕구하는 자신을 인정해야 할 것만 같았다.

이기는 한 손으로 마란의 멱살을 더욱 세게 쥐며 중얼거렸다.

"그만, 그만해. 그만하지 않으면 다 부숴 버릴 거야."

하지만 마란은 그만할 생각이 없어 보였다.

"네 모습을 봐. 네 안의 바닥을 똑바로 보라고. 진심으로 순혈인을 지켜 주고 싶은 거야? 아무 조건 없이, 너 자신을 희생해서라도? 그게 정말 네가 원하는 거야?"

마란의 입술이 기괴하게 비틀렸다.

"그만하라고!"

더는 참지 못하고 이기가 보드를 든 오른팔을 번쩍 위로 쳐든 순간,

"안 돼!"

멈칫, 등이 굳었다.

"안 돼, 이기!"

도나가 뛰어오는 걸까. 도나가 내게로 오고 있는 걸까. 이기는 보드를 쥔 손을 덜덜 떨며 생각했다. 아니, 늦었어. 이미 늦었어. 나는 나를 통제할 수 없어. 이기는 눈을 질끈 감고 보드를 더욱 높이 쳐들었다. 이제 끝이야. 다 끝났어. 돌이킬 수 없을 거야.

"이기!"

휘리릭. 채찍의 가죽끈이 날아오는 소리가 들렸다. 채찍 휘두르는 소리가 이리도 구원처럼 느껴지는 때가 있었던가. 이기는 자기도 모르게 눈을 뜨고 채찍이 부드럽게 눈의 몸을 감싸는 순

간을 지켜보았다. 눈의 몸이 채찍의 리듬에 맞춰 떠오르고, 도나가 가볍게 손목을 꺾어 눈이 날아가는 방향을 조정하는 순간을. 마침내 눈이 도나의 품에 안기게 된 순간을.

"잠깐만… 잠깐만! 내가 잘못했어! 잠깐만!"

눈을 뺏긴 마란이 당황해서 소리쳤다. 눈을 놓쳤으니 이기가 바로 자신을 해치리라 생각한 듯했다. 이기는 망설였다. 자신을 사로잡은 뜨거운 기운이 점점 걷히고 있지만 마음에 인 사나운 소용돌이는 아직 완전히 사라지지 않았기에. 하지만 이를 그냥 두고 보지 않을 사람이 있었다.

"이기…."

등 뒤에서 감겨든 도나의 두 팔이 이기의 심장을 넝쿨처럼 감싸안았다.

"괜찮아, 이기. 괜찮아. 다 괜찮아질 거야."

이기는 기억을 더듬었다. 언제였더라. 그래, 그때도 도나였어. 날 지켜 준 사람, 사람들이 내 앞에서 엄마를 험담하던 그때. 반박도 침묵도 부족한 듯이 느껴져 폭발하고 말았던 그때.

"괜찮아, 이기."

어깻죽지에서 도나의 숨결이 느껴졌다. 이기는 도나의 규칙적인 숨소리에 귀를 기울였다.

"괜찮아…."

한껏 높이 들어 올렸던 보드를 천천히 내리는 이기 곁에 조심스럽게 다가온 눈이 이기를 포근히 감싸 안았다. 여린 팔이 전하는 체온에 서서히 혈관의 거센 울림이 잦아들고, 어깨에서 느껴지던 지독한 통증이 가라앉았다. 그제야 이기의 정신이 맑아졌다.

"맙소사…. 내가 무슨 짓을 하려고 한 거야? 마란한테 덤비느라 눈이 위험해질 뻔했잖아…."

"이기, 이기. 날 봐. 내 눈을 봐."

도나가 손을 덜덜 떠는 이기를 돌려세워 마주안으며 말을 이었다.

"괜찮아. 내가 있잖아. 이기 네가 눈을 못 지키면 내가 지킬 거고, 네가 황포해질 땐 항상 내가 네 옆에 있을 거야. 그러니까 괜찮아. 다 괜찮아."

이기는 자기도 모르게 도나의 어깨에 얼굴을 묻었다. 언제든 기댈 수 있는 사람이 있다는 것. 엄마의 곁을 떠나온 뒤 처음으로 집을 찾은 듯한 기분이 들었다. 바닷물에 젖은 몽돌이 반짝반짝 빛나는, 엄마의 섬으로 돌아간 것만 같았다. 괜찮아. 괜찮아. 온기 가득한 집의 문을 활짝 열고 반겨 주듯 도나가 계속 속삭였다. 괜찮아. 내가 있잖아. 이기의 얼굴이 촉촉이 젖어 들었다.

"또, 또! 마란이 또 눈을 버리려고 했어! 창밖으로 저기 아래로 던져 버리려고 했어!"

선이 마란을 향해 삿대질하며 소리 지르는 동안 노지는 침착하게 마란의 팔을 결박했다.

"마란, 왜 기지에 있는 다른 적맥인들이 당신과 같은 생각이라고 멋대로 판단하는 겁니까? 그들 중에 당신에게 불만을 품은 자가 얼마나 많은데."

"나한테 불만을 품든 나를 싫어하든 그게 뭐가 중요해? 중요한 건 적맥인병 백신이야. 누가 적맥인병 백신을 거부하겠어?"

"적맥인병 백신보다 중요한 것도 있어요. 그들은 대부분 내 친구고, 내가 하는 말에 귀 기울일 겁니다. 난 원에게 기회를 주자고 설득할 거예요. 필요하다면 계약을 맺을 수도 있겠죠. 하지만 중요한 건 계약이 아니라 신뢰예요."

노지의 말에 도나가 한 팔을 번쩍 들며 응수했다.

"맞아! 노지의 말이 맞아요! 마란처럼 나쁜 사람들은 정말 어리석기 그지없어. 죄 자기 같은 줄 안다니까."

이기는 도나의 말에 끄덕이며 공감을 표했다. 마란과 같은 사람에게 인간은 딱 두 종류다. 나쁜 행동을 하는 솔직한 사람과 나쁜 행동을 하지 않는 위선적인 사람. 사람은 본디 나쁘고, 나쁜 행동을 하지 않는 사람은 운 좋게 나쁜 마음을 드러낼 상황에 처하지 않았거나 나쁜 마음을 용케 숨기고 있을 뿐이라고 생각하는 것이다.

"너희들이야말로 순진해 빠졌지! 하계, 뭐라고 말 좀…."

하계를 찾아 고개를 이리저리 돌리던 마란의 눈이 커졌다. 얼굴에 놀란 기색이 역력했다. 그럴 만도 했다. 하계의 방 밖에 모여든 사람들. 기지의 적맥인과 순혈인이 경악하는 표정을 하고서 창 너머를 들여다보고 서 있었다. 마란이 찾던 하계는 소란을 틈타 밖으로 도망치려다 그들에게 붙잡힌 채였다. 하계가 볼품없이 소리쳤다.

"다들 내 어머니의 업적을 잊었나! 순혈인의 긍지를 잊었어?"

그렇지 않다. 몰려든 사람들의 얼굴엔 자긍심이 어려 있었다. 혈통 때문이 아닌, 잘못을 바로잡으려는 이들의 자긍심.

"적맥인들은, 적맥인들은 그리도 적맥인병에 걸리고 싶은 건가?"

노지와 눈을 마주친 적맥인들은 더 강하게 하계의 팔을 압박했다. 적맥인들의 얼굴은 지금껏 자신들의 두려움을 이용해 온 악덕 수장을 응징하려는 기세로 빛났다.

"다들 머리가 어떻게 된 거야? 어떻게, 어떻게 감히 나를…!"

하계가 적맥인들을 향해 악을 썼다.

"이 배은망덕한 놈들! 내가 이럴 줄 알고 적맥인과 절대 섞이지 않으려고 했던 거지. 언제고 배신할 줄 알았으니까! 적맥인의 피로 순혈인을 더럽히는 일이 없도록!"

순혈인들을 향해 고개를 돌린 하계는 분노 섞인 읍소를 터뜨렸다.

"우리의 순수함을 지키기 위해 적맥인병 백신에 번식을 불가하게 하는 합성물을 넣었단 말이다! 이런 내 고귀한 뜻을 칭송하지는 못할망정…!"

하계의 실토 아닌 실토에 적맥인들은 물론 순혈인들도 똑같이 기겁했다. 하계의 공허한 외침을 들은 마란이 망연자실한 얼굴로 중얼거렸다.

"하계가 지금 뭐라고…."

마란을 비롯한 사람들의 시선이 돌연 원에게 쏠렸다. 하계 대신 설명을 내놓으라는 무언의 압박이었다.

"어? 아니, 아니 난 몰랐어. 난 진짜로 몰랐다고."

"하계의 말이 사실이라면 정말 경악할 만한 일이군요."

노지가 마란을 쳐다보며 말을 이었다.

"마란, 하계가 당신을 속였어요. 계속 우리를 속여 왔어요."

마란은 입을 꾹 다문 채 아무 말도 하지 않았다. 그때 원이 끼어들었다.

"맞아. 이제 하계의 속임수를 모두 다 알게 되었으니 얼마나 다행이야? 다 내 덕이지."

"그게 무슨 말이야?"

도나의 시큰둥한 반응에도 원은 으쓱대며 대꾸했다.

"설마 내가 아무 생각 없이 그저 하계에게 따져 보겠다고 다짜고짜 뛰어 올라왔을 거 같아? 지금까지의 대화, 다 생중계됐다고."

"뭐?"

"우리가 여기서 나눈 이야기 말이야. 전부 기지 전체에 울려 퍼졌어. 그래서 다들 여기 모여든 거라고."

뿌듯한 표정으로, 원이 주머니 속 방송 장치를 꺼내 들었다. 도나가 기특하다는 듯 원의 어깨를 툭 쳤다.

"마란."

노지가 마란을 딱하다는 듯 쳐다보며 말했다.

"아직도 저 사람들이, 모두 함께 어울려 살아갈 날을 위해 약간의 위험도 감수하지 않으려 들 것 같습니까?"

마란이 자신 없는 표정으로 사람들의 눈치를 보았다. 잔뜩 움츠린 어깨. 마란은 자신이 졌다는 걸 이미 알아차린 듯했다. 이 세상엔 실낱같은 희망만 있어도 끝까지 서로를 포기하지 않는 사람이 훨씬 많다는 사실을 뒤늦게 깨달은 것이다.

그때였다.

"가만, 저기 아래에 누가…."

도나가 조금 전 하마터면 눈이 떨어질 뻔한 아래로 눈길을 주며 중얼거렸다. 도나의 시선을 좇아 기지 밖을 내려다보니 강 건너 좀비 떼를 몰고 다니며 소란을 피우는 이가 있었다. 기지의 적맥인인가? 노지의 표정을 보니 그건 아닌 듯했다. 도나가 벌떡 일어나 센 바람이 부는 창가로 바짝 다가섰다. 그리고 믿을 수 없다는 듯이 말했다.

"얀군이잖아!"

◆◆◆

하계의 기지, 그것도 다리 위에서 얀군을 만나게 될 줄은 꿈에도 몰랐다. 이기는 날뛰는 좀비들의 어깨를 밟고 올라 사뿐히 다리에 안착한 얀군을 마주하고도 무슨 말부터 꺼내야 할지 몰라 머뭇거렸다.

"잘들 있었어?"

아무렇지도 않은 듯 씩 웃으며, 얀군이 먼저 안부를 물었다. 말투는 여전했지만 어쩐지 뭔가 좀 달라진 듯한 모습이었다. 부쩍 성숙해진 모습에 키가 좀 자랐나 싶었지만 그도 아니었다. 헐레벌떡 달려가 얀군 옆에 선 도나의 키와 비교해 보니 예전 그대로인데. 하지만 눈빛이나 표정에서 어딘지 모르게 전보다 훨씬 단단해진 것 같은 분위기를 풍겼다.

"뭐야, 얀군! 여기 어떻게 온 거야?"

놀라움과 반가움을 숨기지 못하고, 도나가 화색을 띤 얼굴로 물었다. 도나의 얼굴을 마주한 얀군은 애써 의젓한 말투로 대답했다.

"어떻게 오긴. 너희를 찾아서 왔지. 흠흠."

그간 아무리 얀군이 달라졌다 해도 도나 앞에서는 여전히 아이 같은 옛날의 모습인 듯했다.

"우리를? 왜?"

"아줌마가 가 보라는 데 어떡해. 섬의 이령이 하는 말인데."

"엄마? 엄마가? 우리 엄마 무사한 거지?"

엄마의 이름을 듣는 순간 이기의 팔다리에 힘이 풀렸다. 숨이 턱 막히고 가슴이 저릿했다. 엄마의 소식을 들으니 금방이라도 눈물이 쏟아질 것 같았다. 얀군이 이기에게 다가서며 대답했다.

"무사하기만 할까. 이젠 섬을 호령하는 지휘자인데."

"뭐어? 아줌마가?"

얀군 옆에 선 도나가 눈을 동그랗게 뜨고 물었다. 놀라다 못해 울먹거리는 듯한 얼굴이었다. 이기도 놀라기는 마찬가지였다.

"정말? 엄마가 섬의 통솔자라고? 어떻게 그런 일이…."

"얘기하자면 길어. 너희 둘이 떠나고 나서 많은 일이 있었다고."

과장스럽게 팔을 휘저은 얀군은 기지 방향 다리의 끄트머리에 노지와 나란히 서 있는 눈을 힐끔 쳐다보며 말했다.

"보아하니 저 꼬맹이… 아니, 눈도 멀쩡하게 잘 지켜 낸 것 같네."

"그럼! 우리가 누군데!"

도나가 으쓱거리자 그리웠던 모습을 보아 달갑다는 듯 얀군이 피식 웃음을 터뜨렸다. 도나도 얀군을 따라 웃고 있었지만 어쩐지 감정이 복받치는 듯 보였다.

"근데 먼 길 달려온 손님을 이렇게 접대하기야?"

"그래, 그래! 뭐, 우리도 손님이긴 하지만…. 일단 들어가자!"

울컥하는 마음을 간신히 가라앉힌 도나가 헤헤 웃으며 대답했다. 이기는 기울어진 다리의 경사면을 따라 타박타박 걸어 내려가는 도나와 얀군의 뒤를 말없이 따랐다. 이윽고 셋이 기지에 다다르자 요란한 소리를 내며 다리가 움직였다. 이기와 도나, 얀군 그리고 눈과 노지까지, 모두 동시에 다리를 향해 고개를 들었다. 마침 구름 사이에 숨어 있던 해가 모습을 드러내 부채살 모양으로 빛을 퍼뜨렸다. 하늘을 찌를 듯 높이 솟은 다리를 쳐다보던 이기는 무뜩 기지의 꼭대기로 시선을 옮기며 생각했다. 이제 원과 선이 꼭대기층의 주인이 되겠지. 이곳의 미래는 어찌 될까. 눈은 어떻게 살아갈까. 이기는 눈의 어깨에 손을 올렸다. 얀군의 등장이, 얀군이 가져온 소식이 몹시 반가우면서도 한편으로는 까닭 모르게 눈의 미래가 마음에 걸렸다. 그런 이기의 마음을 눈치채기라도 한 듯, 얀군이 이기의 어깨를 툭 치며 물었다.

"벌써 여기 자리 잡은 건 아니지?"

이기는 바로 대답하지 못했다. 눈이 이기를 빤히 올려다보고 있었기 때문이다.

"무슨!"

이기 대신 손사래를 치고 나선 사람은 도나였다.

"우리도 여기 온 지 얼마 안 됐어. 오자마자 우리가 이곳을 발칵 뒤집어 놓은 것 같긴 한데…."

도나가 혀를 쏙 내밀어 보였다. 얀군의 등장으로 들뜬 마음이 아직 가라앉지 않은 것 같았다. 이기는 도나를 이해했다. 이기와 도나의 마음속에는 단순히 얀군에 대한 반가움을 넘어선 감정이, 섬에 대한 향수가 일렁이고 있었다. 도나 말이 맞아. 잠시 머무는 곳으로 생각했을 뿐, 기지에 자리를 잡는다는 생각은 해 본 적이 없어. 하지만 이곳엔… 눈이 있다.

"으이구, 내 그럴 줄 알았다."

얀군이 혀를 차며 대꾸했다. 그사이, 눈은 아무 대답도 하지 못하고 멀거니 서 있는 이기를 다독이듯 가만히 팔을 올려 이기의 손등에 자신의 손바닥을 포갰다.

"오는 길에 말코라는 남자 혼자 지키는 해변에 들렀는데 그 사람이 그러더라고. 너희 둘이 그곳에 머물렀다고. 아주 그냥 해변을 쑥대밭으로 만들어 놨다며 웃던데?"

눈과 시선을 마주하던 이기가 얀군의 말에 놀라 물었다.

"말코를 만났다고? 말코는 잘 있어?"

이기와 눈, 도나가 눈동자를 반짝이며 얀군을 쳐다보았다.

"어, 뭐 그럭저럭. 자긴 소나무밭에 붉은 열매가 열리지 않는 날까지 해변을 지켜야 해서 아직 떠날 수 없다던데. 너희 만나면 안부 전해 달라더라."

"아나인들은 다 떠났나 보네. 말코 혼자 외롭겠다…."

"도나 네가 지금 남 걱정할 때야? 집도 절도 없이 떠돌아다니는 신세면서."

"내가 집이 왜 없어?"

"뭐?"

"여기 있잖아, 내 집."

도나가 이기를 가리켰다.

"이기가 내 집인걸. 이기가 있는 곳이 바로 내 집이야."

입을 삐죽거리는 얀군에게서 시선을 돌린 도나가 이기를 향해 손을 내밀었다. 이기는 홀린 듯이 도나의 손을 붙잡았다. 한 손은 눈의 손을 잡은 채였다. 우리는 앞으로도 서로의 집이 되어 주겠구나.

잡지 않고는 배기지 못할 다정한 손.

가슴이 벅차올랐다.

◆◆◆

기지에 들어온 얀군은 잠시 쉴 틈도 없이 섬에서 있었던 일을 이야기하기 시작했다. 얀군이 말해 주기만을 기다리는 이기와 도나의 반짝이는 눈빛을 모른 척할 수 없었기 때문이다.

"테의 힘은 허상이었어. 모두 테가 강해서, 강해도 너무 강해서 덤벼 봤자 소용없을 거라고 생각했잖아. 그런데 아니었어. 너희가 떠나고 난 뒤 엉망진창이 된 섬에서 기적이 일어난 거야. 시작은 이령의 목소리였지. 지금이야말로 절호의 기회라며 우리가 힘을 합치면 섬을 다시 일구어 낼 수 있다고, 그러기 위해선 테와 테의 무리에 대항해야 한다고 했어. 테의 형제들은 이미 내분이 일어난 상태였지. 테가 적맥인병에 걸린 사실이 알려지면서 몰을 주축으로 한 몇이 분란을 일으켰거든. 알다시피 우 씨가 몬 지프에 치여서 부상을 입은 터라, 테는 생각보다 쉬이 분란을 진정시키지 못했어. 테 덕분에 섬의 안정과 평화가 유지된다고 믿으면서 참아 오던 사람들은 갑작스러운 난리통에 불만을 터뜨렸지.

가족인 좀비를 잃은 사람들도 울분에 휩싸였고. 그렇게 사람들이 꿈틀거리기 시작했어. 여기서부터는 우 씨가 사람들과 함께했지. 우왕좌왕하는 사람들을 한데 모으고 전략을 짰어. 자기 집을 개방해서 사람들에게 무기를 나누어 주기도 했고."

얀군의 말인즉슨, 엄마가 사람들의 마음을 움직이고 우 씨 아저씨가 사람들을 이끌어서 테의 요새를 함락했다는 것이다. 이기는 절로 감탄했다. 약하디약해서 지켜 줘야만 할 것 같던 엄마가 이토록 놀라운 활약상을 펼쳐 보였을 줄이야. 언제고 섬에 돌아가면 엄마에게 몇 날 며칠 밤을 새워 이야기해도 내가 겪은 모험담을 다 풀어내지 못할 거라 여겼는데, 지금 보니 엄마에게 들을 이야기가 훨씬 많을 것 같았다.

"근데 진짜 깜짝 놀랐잖아. 아무도 모르는 지하 창고에 우 씨가 숨겨 둔 새총만 해도 백 개가 넘더라고. 눈이 휘둥그레지는 것들도 어찌나 많던지. 요즘은 이기 네가 돌아오면 준다고 새 보드를 만들고 있던데?"

이기는 엄마의 곁에서 엄마의 뜻을 지지해 준 우 씨 아저씨에게도 뭉클한 고마움을 느꼈다. 엄마와 우 씨 아저씨가 서로를 위하는 마음이야말로 반란의 초석이 되어 주었을 거라고, 이기는 믿었다. 이미 그에 대한 반증도 목도하지 않았던가. 오아나와 말코. 지배와 맹종의 관계. 그렇듯 해로운 관계에 확실히 선을 그을 수 있는 기준은 역시 상대를 존중하고 응원하는 마음일 것이다.

"아줌마… 아줌마는 정말 대단해. 난 아줌마가 죽은 줄 알고…."

이야기를 듣던 도나가 갑자기 눈물을 글썽였다. 이기가 의아해하며 물었다.

"엄마가 죽은 줄 알았다니 그게 무슨 소리야?"

"실은… 우리가 떠나던 날 아줌마가 나한테 그랬거든. 무슨 일이 있어도 널 지켜 주라고. 늘 곁에서 서로를 지켜 줘야 한다고. 그러니 난 널 지키기 위해서 사실을 숨기는 수밖에 없었어. 네가 알았다면 절대로 섬을 떠나지 않으려고 했을 테니까…."

"도대체 나한테 뭘 숨겼다는 거야, 도나?"

"아줌마가 테의 총에 맞은 거."

도나의 눈에서 눈물이 후드득 떨어져 내렸다.

"근데 살아 계시다니 정말로 다행이야…. 아줌마가 살아 있다는 말을 듣고 얼마나 기뻤는지…."

그래서 엄마 얘기가 나올 때마다 그런 표정을 지었구나. 이기가 중얼거리는 그때, 얀군이 어이없다는 듯 한숨을 쉬며 말했다.

"하아. 무슨 말을 하는 거야, 도나."

머리를 절레절레 흔들며 얀군이 말을 이었다.

"지금껏 혼자 그 걱정을 하면서 끙끙 앓은 거야? 아줌마는 총에 맞지 않았어. 테가 쏜 총알이 빗나갔다고. 그저 놀라서 넘어지셨던 거야."

"정말이야…? 거짓말 아니지?"

도나가 딸꾹질하며 물었다.

"내가 거짓말을 왜 해. 아줌마 아주 말짱하시다고. 그때 다시 발딱 일어나서 테한테 불호령을 내리던 모습을 너도 봤어야 하는데. 더욱이 요즘은 어찌나 활력이 넘치는지. 다리 아프다는 말도 안 하고. 적맥인병도 호전된 것처럼 보일 정도라니까?"

병세가 더 나빠지지 않았다니. 이보다 더 기쁜 소식이 있을까. 도나도 그제야 안도한 듯 왈칵 울음을 터뜨렸다.

"아아, 다행이다…. 흑흑."

도나가 흐느꼈다. 바짝 굳었던 도나의 어깨가 순식간에 말랑해져서 부드럽게 들썩였다.

"도나…."

그동안 혼자서 얼마나 괴로워한 거야. 이기는 그제야 깨달았다. 처음부터, 나만 애썼던 게 아니구나. 엄마를 지키려고, 눈을 지키겠다고 나만 홀로 분투하는 줄 알았는데 아니었어. 엄마도 도나도 모두 안간힘을 쓰고 있었다. 있는 힘을 다해 서로를 지켜주고 있었어. 이기는 가만히 도나의 마른 어깨를 감싸안았다.

"고마워, 도나."

"고맙다고…? 왜? 뭐가 고마워? 이기 넌 내가 원망스럽지 않아?"

도나가 훌쩍이며 물었다.

"전혀. 나라도 똑같이 했을 거야."

"이기…."

이기는 말없이 와락 안기는 도나를 마주 안았다. 고마워, 도나. 진심으로 고마워. 누군가를 지키고자 하는 마음의 무게를 알기에, 그 무게를 기꺼이 감당해 준 도나가 더없이 고마웠다. 도나의 등을 토닥이는 이기의 얼굴에 잔잔한 미소가 번졌다.

"나 원 참. 못 보던 새 너희 둘 훨씬 돈독해졌다, 나만 빼놓고?"

"넌 당연히 빼놔야지, 뭔 소리야."

"난 또 우리가 삼총사가 될 줄 알았지."

"꿈 깨!"

도나가 핀잔을 주자 얀군이 입을 쭉 내밀며 대꾸했다.

"흥, 꿈인지 아닌지는 시간이 지나 봐야 알겠지. 어차피 우리 다 같이 섬으로 돌아갈 거잖아?"

섬으로 돌아간다는 말에 이기와 도나의 시선이 겹쳤다. 엄마가 기다리고 있는 섬. 그 섬으로 돌아간다는 말에 가슴이 뛰었다.

"아줌마가 날 보낸 이유가 뭐겠어. 너희를 데리고 오라는 뜻이지. 그치만 너희가 좀 더 모험하고 싶다고 하면 그러도록 두라고 하셨어. 영영 돌아오고 싶지 않다고 해도 말리지 말라고 했고. 원한다면 나도 함께 어울려 다니라나 뭐라나. 내가 그렇게 내 터전은 우리 섬밖에 없다고 누누이 말해도…."

"우리 섬…."

이기가 중얼거렸다. 우리의 섬으로 돌아가지 않을 이유가 없다. 우리의 섬으로 돌아가고 싶지 않을 이유도 없다. 당장이라도 밤낮없이 달려가 엄마를 만나고 싶다. 햇살을 가득 받은 몽돌밭의 좀비들도 보고 싶었다.

셋은 잠시 아무 말 없이 서 있었다. 어디선가 솔솔 바람이 불어오는 듯했다. 마치 섬에서 불어온 바람이 세 사람을 감싸안는 것만 같았다. 바람이 속삭였다. 돌아갈 곳이 있다고, 언제고 다시 시작할 수 있는 곳이 있다고.

"그래. 이제 우리 섬이지. 아니, 처음부터 우리 섬이었지."

얀군이 뿌듯한 표정으로 말했다. 도나도 덩달아 뿌듯해졌는지, 이기에게 조심스레 물었다.

"이기, 우리 이제 그만 우리의 섬으로 돌아갈까?"

◆◆◆

기지의 소란은 빠르게 수습되었다. 하계는 지위를 박탈당한 뒤 독방에 갇혔고, 마란은 기지에서 추방되었다. 원은 가장 먼저 적맥인병 백신에서 문제의 합성물을 제거하는 작업에 착수했고, 선은 그런 원을 물심양면으로 도왔다. 기지의 사람들은 매사 의욕적이었다. 마치 섬사람들이 내심 새로운 시대를 갈망한 것처럼 기지의 사람들도 지금까지와는 다른 방식으로 작동하는 기지를 남몰래 꿈꿔 왔던 듯했다. 그 누구보다 이기를 놀라게 한 사람은 노지였다. 노지는 나이답지 않은 노련함과 타고난 정직함으로 사람들을 이끌었다. 노지가 기지 안 순혈인과 적맥인을 대하는 모습을 보면 그간 기지 사람들의 화합을 이끌고자 혼자서 얼마나 치열하게 고민했는지 눈에 선히 그려질 정도였다.

"좀 더 머무르면 좋을 텐데."

노지가 아쉬워하며 말했다. 이기는 고개를 저었다.

"기지는 너에게 맡길게. 원과 선도 노지 너만 믿고 있잖아."

노지는 하계와 달랐다. 사람들의 말을 경청하고, 이견을 수용하고, 나아가야 할 목표를 설득할 줄 알았다. 이기에겐 낯설지 않은 모습이었다. 어릴 적부터 엄마가 보여 주었던 모습이니까.

이기는 씩씩하게 웃으며 말했다.

"원이 적맥인병 치료제를 개발하면 꼭 우리 섬으로 가져다주기다, 꼭!"

겨울이 오기 전에 적맥인병 치료제를 개발해 내고 말 거라고 원이 호언장담했으니 믿고 기다리는 수밖에. 그 말을 하던 원은 눈의 손을 꼭 붙잡고 있었다. 지난밤 이기가 밤새 쥐고 있던 손. 누구의 손을 잡든 마음을 다해 상대를 위해 주는 손. 이기가 사랑하게 된 눈의 작은 손.

보고 싶을 거야. 보고 싶어서 많이 울게 될 거야. 이기는 그 장면을 떠올리며 속으로 중얼거렸다. 하지만 지금은 떠날 때다. 섬으로 돌아가 섬의 재건을 도와야 하니까.

"약속할게. 눈이랑 둘이 찾아가겠다고. 꼭."

노지가 다짐하듯 말했다. 믿겠다는 의미로, 이기가 고개를 끄덕였다. 노지는 자기가 말한 대로 섬에 찾아올 것이다. 그렇게 이기의 신뢰에 응할 것이다. 결국 더 나은 방향으로의 변화는 누군가를 믿고 누군가의 믿음에 보답하면서 시작하는 것이라고, 이기는 생각했다.

그때 저편에서 도나가 시무룩해하며 다가왔다.

"아무리 방문을 두드려도 눈이 안 나오네."

"어제 우리 셋 밤새도록 같이 있었잖아."

"그치만 인사다운 인사는 못했잖아."

눈을 한 번 더 보고 싶었지만, 작별만큼은 피하고 싶었다. 아마 눈도 마찬가지겠지.

"새벽이 되어서야 겨우 잠들었잖아. 깨우지 말고 이제 출발하자."

깊이 잠들었기를. 울고 있진 않기를. 이기는 애써 담담한 척했다.

"힝…."

좀처럼 발걸음을 떼지 못하는 도나를 얀군이 놀렸다.

"곧 또 볼 거라면서 뭐 그렇게 유난을 떠냐?"

"조용히 안 해? 얀군 넌 내 마음을 몰라."

도나가 버럭 대꾸하자 얀군이 슬며시 뒷머리를 긁으며 말했다.

"모르긴 뭘 몰라…. 내가 여기까지 왜 찾아왔는데…."

도나는 얀군의 말을 못 들은 척하고 이기의 팔짱을 꼈다. 이제 출발하자는 의미였다. 이기는 노지에게 마지막 인사를 담은 눈빛을 전했다. 이윽고 서서히 섬의 다리가 내려왔다. 다리가 움직이는 소리에 강 건너 좀비들이 아우성치기 시작했다.

얀군이 좀비들을 향해 턱짓을 하며 말했다.

"재네, 순혈인 근처라 그런지 내내 각성 상태인 것 같더라."

이기는 여전히 좀비들에게 둘러싸인 채 살아가야 하는 눈이 걱정되었다. 하지만 도나가 이기 대신 눈을 구했듯, 그리고 얀군이 이기 대신 섬에 남아 엄마를 도왔듯, 이젠 노지가 눈을 지켜줄 터였다. 이기는 다리가 내려오는 모습을 지켜보고 선 친구들을 부푼 마음으로 바라보았다. 도나, 얀군 그리고 노지. 이기 혼자서 모든 걸 짊어질 필요 없다는 걸 일깨워 준 친구들이었다.

"가자."

이기가 보드를 허리춤에 고정하며 기울어진 다리 위로 향했다. 떨어져 있어도 함께라는 생각에 마음이 든든해졌다. 이기의 생각을 읽은 듯 도나와 얀군이 고개를 끄덕이며 나란히 발걸음을 옮겼다. 바람이 부는 다리 위, 건너편에서 좀비들의 익숙한 괴성이 들려왔다. 도나가 물었다.

"가는 길에 해변에 들러서 말코도 보고 갈까?"

"그러자."

이기는 가슴을 펴고 스스로에게 물었다.

"이게 모험의 끝일까, 아니면 또 다른 시작일까."

"언제나 시작이지!"

도나의 경쾌한 대답이 이기를 웃게 만들었다. 모험이 계속되어도 더는 두렵지 않을 것이다. 도나를 바라보는 이기의 눈빛엔 조금의 의심도 담겨 있지 않았다.

다리의 끝까지 걸어 오른 이기는 노지에게 신호를 보내기 위해 뒤를 돌아보았다. 이제 다리를 완전히 내릴 때였다. 반대편 끝에서 노지가 손을 흔들자 기다란 다리가 강물의 흐름과 직각을 이루며 천천히 내려갔다. 다리 끝이 강 건너 지면에 가까워질수록 좀비들의 괴성도 더욱 크고 선명해졌다. 이기는 보드를 내려 놓고 자세를 취했다. 이제 정말로 떠날 때였다. 정말로. 그때였다.

"이기!"

낯선 부름. 생경한 감각. 분명 자신의 이름인데도 처음 듣는 것만 같았다.

"이기!"

다리 밑, 저편 바람이 이는 곳. 뽀얗고 작은 먼지바람이 동그랗게 일었다. 이기가 사랑하게 된 작은….

"이기!"

눈물로 얼룩진 얼굴로, 눈이 달려왔다. 이기의 눈에도 눈물이 고였다.

"눈! 오지 마! 다리가 거의 다 내려갔단 말이야!"

도나가 소리쳤다. 다급히 노지가 기지 위를 향해 신호를 보냈지만 다리를 멈추기엔 이미 늦어 버린 듯했다. 눈의 존재를 알아챈 좀비들이 더욱 그악스럽게 괴성을 퍼부었다. 이기는 다리에 뛰어오르기 위해 발악하는 좀비들을 힐끗 내려다보며 도나에게 말했다.

"괜찮아, 도나."

"뭐?"

"내가 다녀올게."

보드가 다리를 가르며 달렸다. 이기. 이기. 이기. 눈의 목소리가 뜨겁게 귓속을 파고들었다. 오직 자기 이름만 소리 내어 말하던 아이가 난생처음 다른 이의 이름을 불렀다. 이기는 이제 그 아이를 향해 질주한다. 작별 인사를 나누기 위해, 있는 힘껏.

눈을 향해 보드가 날아오른다.

작가의 말

처음 이 이야기를 떠올린 건 무려 5년 전입니다. 어느 날 문득 보드를 타고 달리는 좀비몰이꾼, 이기의 이미지가 머릿속에 선명하게 떠올랐죠. 대강의 플롯을 잡고 소설의 서두를 신나게 집필하고 보니 이 이야기가 생각보다 훨씬 길어질 것 같다는 생각이 들더군요. 이렇게 긴 이야기를 단행본으로 낼 수 있을까 하는 현실적인 고민도 하게 되고요.

이런저런 이유로 저의 클라우드 한구석에 묻혀 있던 짧은 원고는 그 뒤로 지학사《고교독서평설》과의 인연으로 새로이 거듭나게 되었습니다. 2년 연재라는 흔치 않은 기회를 통해 긴 이야기를 포기하지 않고 끌고 나갈 수 있었어요. 이 소설을 세상 밖에 선보일 수 있었던 건 정말 행운이었습니다. 적절한 타이밍에 찾아온 연재 기회가 없었더라면 아마 그대로 클라우드 깊은 곳에 묻혀 버렸을지도 모르니까요.

이렇듯 연재라는 형식을 빌려 『좀비몰이꾼 이기』를 완성할 수 있었던 건 분명 행운이었지만, 난생처음으로 도전하는 연재였기에 그 과정에서 어려움을 느끼지 않았다고 말할 수는 없을 것 같습니다. 저는 보통 아무에게도 보여 주고 싶지 않은, 헐거운 날것의 초고를 빠르게 쓰고 나서 일정 기간 묵혀 두고는 이제 때가 되었다 싶을 때 꺼내어 수정하는 과정을 거칩니다. 단단하고 정교하게 만드는 작업을 하는 거죠. 그런데 연재를 하면서 그렇게 하기는 쉽지 않더라고요. 아무래도 시간적인 제약이 있으니까요.

다행히 북트리거 출판사에서 단행본 제안을 주셨고, 그 덕분에 20만 자가량의 글을 충분히 다듬을 시간을 가질 수 있었습니다. 다시금 이 또한 역시 행운이라는 생각이 드네요. 이로써 연재 기간에 품었던 크고 작은 아쉬움을 떨칠 수 있게 되었기 때문입니다.

저는 이 이야기를 통해 '지킨다'라는 의미를 되살피고 싶었습니다. 누군가를 지키기 위한 모험이라니, 멋지지 않나요? 개인적인 즐거움이나 경험을 위한 것이 아니라 나와 아무 인연도 없는 타인을 위한 모험을 감행하기는 정말 쉽지 않잖아요. 물론 가끔은 제가 이기와 도나를 너무 밀어붙이고 괴롭히는 게 아닌가 하고 자책하기도 했습니다. 하지만 모험은 원래 그런 것이니까요. 우리의 한계를 인지하고 그 한계를 넘어서는 것, 넘어지고 쓰러져도 다시 일어서는 것. 그런 경험이 우리를 성장하게 만든다는 건 주지의 사실이죠.

다만 아직 열다섯 살인 우리의 사랑스러운 좀비몰이꾼들이 각자 홀로 분투하기를 바라진 않았습니다. 서로의 손을 잡고 더불어 나아가길 바랐어요. 이 여정을 함께한 독자 여러분들이 다소 독자적이었던 이기가 서서히 변화하는 모습을 보며 제가 소설에 불어넣은 바람을 이해해 준다면 얼마나 좋을까 하고 작은 기대를 품어 봅니다.

먼저 긴 시간 지면을 할애해 주신 지학사 《고교독서평설》에 감사의 인사를 전합니다. 무엇보다 2년 동안 변함없는 응원과 조언을 주셨던 박수연 에디터님, 진심으로 감사드립니다.

연재 초반 넓은 도량으로 단행본 제안을 주신 북트리거 출판사에도 깊은 감사를 전합니다. 퇴고에 부족함이 없도록 넉넉한 마음으로 기다려 주신 아량과 애정과 관심을 담아 전해 주신 피드백 모두 감사했습니다. 여러모로 애써 주신 공승현 편집자님, 멋진 표지와 지도를 그려 주신 쩡찌 작가님, 정말 고맙습니다.

다시 한번, 한 권의 책이 나오기까지 얼마나 많은 분의 정성이 필요한지 가슴 깊이 느꼈습니다. 부디 이 책에 담긴 묵직한 정성이 올여름 독자님들에게 뜨겁게 가닿았으면 좋겠습니다.

모두의 모험을 응원하며,

허진희

좀비몰이꾼 이기 2

하계의 기지로 가는 길

1판 1쇄 발행일 2025년 7월 7일

지은이 허진희
펴낸이 권준구 | 펴낸곳 (주)지학사
편집장 김지영 | 편집 공승현 명준성 원동민 | 책임편집 공승현
표지 디자인 정은경디자인 | 본문 디자인 이혜리 | 일러스트 쩡찌
마케팅 송성만 손정빈 윤술옥 이채영 | 제작 김현정 이진형 강석준 오지형
등록 2017년 2월 9일(제2017-000034호) | 주소 서울시 마포구 신촌로6길 5
전화 02.330.5265 | 팩스 02.3141.4488 | 이메일 booktrigger@naver.com
홈페이지 www.jihak.co.kr/book-trigger | 블로그 blog.naver.com/booktrigger
페이스북 www.facebook.com/booktrigger | 인스타그램 @booktrigger

ISBN 979-11-93378-44-1 43810

북트리거

트리거(trigger)는 '방아쇠, 계기, 유인, 자극'을 뜻합니다.
북트리거는 나와 사물, 이웃과 세상을 바라보는 시선에 신선한 자극을 주는 책을 펴냅니다.